# 강화학개론

빈형 게임 판타지 장편소설

WISHBOOKS FANTASY STORY

# 강화학개론 4

빈형 게임 판타지 장편소설

초판 1쇄 찍은 날 | 2017년 8월 16일
초판 1쇄 펴낸 날 | 2017년 8월 23일

지은이 | 빈형
펴낸이 | 예경원

기획 | 위시북스
편집책임 | 이규재
편집 | 이즈플러스

펴낸곳 | 예원북스
등록번호 | 제396-2012-000132호
등록일자 | 2012. 7. 25
KFN | 제1-138호

주소 | 경기도 고양시 일산동구 호수로 646-24 위너스21 II 빌딩 206A호 (우)10401
전화 | 031-819-9431 팩스 | 031-817-9432
E-mail | yewonbooks@naver.com

ISBN 979-11-6098-430-9 04810
      979-11-6098-321-0 (set)

# 강화학개론

빈형 게임 판타지 장편소설

WISHBOOKS FANTASY STORY

Wish Books

# 강화학개론

## CONTENTS

Episode 14.
영주님이 더 잘 아시잖아요

# 1

22시간씩 단 하루의 휴식도 없이 30일.

거의 1년 치 노동을 한 달 만에 몰아 했다 해도 믿을 정도로 많은 시간.

게다가 시급은 150만 원!

정산받아야 할 금액은 무려 9억 9천만 원에 이른다.

"미쳤다, 미쳤어."

공헌이를 만나러 가면서 홀로그램으로 전해지는 입금 금액에 입이 절로 벌어진다.

990,000,000원.

말이 9억 9천만 원이지 숫자로 표기하면 현실감이 사라질

만큼 큰 액수다. 거기에 사냥하면서 얻은 부속품들과 켄지 길드를 털며 얻은 부수입을 팔면 거의 10억에 가까워지는 금액!

"내 전 재산이 14억이라니……."

통장에만 들어 있는 금액이다. 정확히 말하자면 13억 7천만 원이지만 그깟 3천만 원 따위 뭐가 중요하겠나! 중요한 건 고작 몇 달 사이 게임으로 이만큼의 돈을 벌어들였다는 것이다.

해서 결정했다.

돈 있을 때 집을 사자!

물론 1년 계약으로 오피스텔을 잡아뒀기에 지금 집을 당장 살 필요는 없었다. 하지만 자기 자신을 누구보다 잘 아는 한시민은 문득 두려워졌다.

저 돈이 과연 통장에 얼마나 있을까?

쉽게 번 돈은 아니지만 평생 처음 만져 보는 큰돈. 이리저리 쓰고 싶은 마음이 드는 나이고 또 생활적으로 부족한 게 없기에 한번 대차게 써도 상관은 없다.

하나 그렇게 펑펑 쓰고 난 뒤의 감정은 후회뿐이라는 걸 그는 안다.

후회할 바에 자산으로 돌려놓자!

"차라리 술이나 여자에 쓰면 다행이지."

서른 전에 방탕한 삶도 살아보고 싶고 남들이 손가락질하는 돈지랄도 해보고 싶다. 차라리 그런 후회라면 얼마든지 할 준비가 되어 있다. 하지만 그런 선택 전에 돈을 쓰겠노라 마음이 돌아가는 순간 엉뚱한 곳에 돈이 들어가겠지.

'판타스틱 월드에 지른다고 지랄할지도 몰라.'

사실 그게 집을 사겠다는 가장 큰 이유다. 없으면 못 지르니까. 한시민은 산 집을 팔아서 게임에 투자할 만큼 멍청하지는 않다.

"1억 정도만 남겨두고……."

헛되게 돈을 쓰지 않기 위해 계획을 세우는 사이 공헌이와의 약속 장소에 도착했다.

성안에 생긴 카페!

당연히 유저가 건물을 구입해 개장했고 꽤 많은 사람이 들락거리는 장소 중 하나다. 영지가 발전되었을 때 무슨 건물을 지을지에 대해 한창 고민 중인 한시민에게 귀감이 됐다.

"오셨습니까."

그런 그를 보고 손을 흔드는 공헌이. 안색이 좋지 않다. 얼핏 봐도 상당히 큰 문제가 있어 보여 한시민의 표정도 절로 굳었다.

혹시 영지에 무슨 일이라도 있나.

'그럼 안 되는데.'

원래 피폐했던 땅이 어떻게 되든 말든 그의 땅이라는 사실은 변함없으니 상관없지만, 기껏 비싼 돈 투자해 강화까지 해놓은 마법진이 파괴되기라도 했다면 그야말로 좌절에 절망이다. 무려 1억 6천만 원짜리가 아니던가.

다시 가져다 팔 수도 없는 물건이니 본전 뽑으려면 평생 그 자리에서 게임 망할 때까지 몬스터로부터 영지를 수호하는 수밖에 없다.

"무슨 일이죠?"

"영지 자금 조달 문제 때문입니다."

"……!"

긴장하는 한시민에게 침을 삼킬 주제가 던져졌다.

한시민이 공헌이와의 거래에서 제안한 조건!

골드를 싸게 지급해 달라.

당연히 공짜는 아니다. 영지가 발전하고 안정화되는 순간 알짜배기 땅에 큼지막한 건물 하나를 떼어주겠다!

공헌이 입장에선 받아들일 필요 자체가 없는 내용이었다. 할인해 달라는 금액이 한두 푼도 아니고 1,000골드당 1천만 원이었으니까.

세상에, 하늘 모르고 올라가는 골드를 1천만 원이나 깎아서 팔아달라니! 그것도 평생!

진심으로 그때 천이 넘는 골드를 들고 있지 않았더라면 하는 후회가 아직도 든다.

어쨌든 반강제적으로 계약서를 썼고 울며 겨자 먹기로 골드를 팔기로 했으니 그에 상응하는 문제는 한 치의 망설임도 없이 갑에게 알려 해결을 요청하기로 했다. 유일하게 공헌이가 내세울 수 있는 권리이니까.

"뭔데요."

그래서 한시민도 쉬고 싶은 마음을 버리고 오는 거고.

"현재 2천 골드 정도 구해놨습니다. 그런데 앞으로는 그 속도가 좀 느려질 것 같습니다."

"……왜요?"

"사장님 영지 가는 길 아십니까?"

"네, 당연히 알죠."

"거기서 영업장 놈들이 작업을 시작했습니다."

"무슨 작업이요?"

"골드 수급이요."

"……."

뭔 말이래. 그거랑 공헌이가 골드를 모으는 거랑 무슨 상관이지?

"장사해서 돈 버는 거 아니었어요?"

"네, 그래서 저와 제 직원들 레벨이 그리 높진 않죠. 그런데 중국이나 인도 쪽에 작업장 돌리는 놈들은 무식하게 캐릭 수백 개씩 돌리면서 사냥만 합니다. 당연히 판타스틱 월드에선 그런 장사로는 이익이 남기 힘들어서 요즘엔 도적질로 골드를 수급하는 형식으로 바꿨더군요."

"설마 산적 같은 거요?"

"네."

와.

감탄이 절로 나왔다. PC 게임 때부터 어딜 가나 메크로나 작업장이 끊이지 않았던 사실은 익히 알고 있었지만 판타스틱 월드에서도 존재하다니.

분명 도전해 볼 가치가 있는 시장이고 규모로 보았을 때 잘만 비벼본다면 PC 게임 때와는 비교도 하지 못할 만큼의 돈을 벌 수 있는 것도 맞다.

"진짜 바퀴벌레들이 따로 없네요."

"그건 뭐 저도 마찬가지니까요. 문제는 방식의 차이겠죠. 자유도가 보장된 게임, 하나 메크로를 쓸 순 없으니 그중에서도 가장 큰 효율을 찾다 보니 이런저런 방식이 생긴 것 같습니다."

"……그래서 저한테 처리를 좀 해달라?"

"예."

어쨌든 결론은 자기네 장사에 방해되니 골드를 싸게 사고 싶다면 도와달라는 것이었다.

당연히 고개를 저었을 이야기.

하나 지금은 그럴 수 없었다.

'시바. 골드 사긴 사야 하는데.'

집을 사리라 다짐은 했지만 전부 쓸 생각은 없다. 적어도 2억, 많으면 4억 정도는 영지에 투자할 예정.

강제적이든 아니든 1천 골드당 1억에 살 수 있는 기회가 있는데 그걸 마다할 수는 없지 않은가. 단순 계산만으로도 4천만 원이 절약되는 일인데.

'알바 뛴다 생각하자.'

비록 아주 피곤하고 귀찮고 당장 나가 12시간쯤 수면을 취하고 싶지만.

"후."

어쩌겠나.

"진짜 우리 영지 가는 길에서 그 짓 하고 있는 거 맞죠?"

"물론입니다. 알고 그런 거 같진 않은데 아마 여기저기 돌아다니다 보니 지리적으로 그쪽이 단속이 덜해서 그런 것 같습니다."

"하."

이런 개자식들. 안 그래도 풀떼기 뜯어 먹고 사는 NPC들밖에 없는 영지인데 그 길목에서 그 지랄을 하고 있어?

"가죠."

어차피 쉬고 나서 스페셜리스트가 메인 퀘스트를 깨러 이동하면 들를 생각이었다. 일정이 조금 당겨졌다 생각하며 한시민은 무거운 걸음을 옮겼다.

# 2

대충 컴퓨터 수백 대 켜놓고 메크로나 돌리며 벌어들이는 골드를 팔아 돈을 챙기던 시대는 끝났다.

바야흐로 작업장의 암흑기!

여기서 어떻게 하느냐에 따라 새로운 세상에서 떵떵거리며 사느냐 아니면 평생 해오던 짓을 버리고 막노동이나 하며 사느냐의 갈림길이 주어진다.

물론 지금까지의 일을 정산하고 처분한다면 평생 제 한 몸 정도는 건사할 수 있을 만큼의 돈이야 생기겠지만 지금까지 쉽게 많은 돈을 벌어온 버릇을 어찌 하루아침에 버리고 검소하게 살 수 있단 말인가!

대부분의 작업장은 VR 캡슐을 사고 수많은 직원을 고용했다. 감히 캡슐을 개조해 메크로를 만든다거나 하는 멍청한 짓 따윈 애초에 고려도 않은 선택!

이미 베타고가 기기 조작을 시도하는 캡슐 자체의 시스템을 마비시킨 선례로 인한 결정이었다.

처음엔 주먹구구식 사냥이었다.

그래도 우리가 노가다 하면 꿀리지 않지!

대부분 메크로를 사용하지만 레벨 대행이라든지 아이템 노가다 계열엔 사람이 손수 해야 하는 일도 많았다. 그래서 그들은 그런 일에 능숙한 직원들로 뽑았고 시작부터 퀘스트고 뭐고 다 건너뛴 채 나가서 토끼를 잡아댔다.

한두 명도 아니고 수백 명!

자동 사냥 기능도 없고 자동 루팅 기능도 없지만 힘을 합치니 난이도가 높다 평가되는 몬스터를 사냥하는 데 큰 어려움은 없었다.

당연히 경험치는 그만큼 적게 먹겠지만 이들의 목적은 경험치가 아닌 돈! 사냥해서 나오는 가죽을 해체하고 아이템을 가져다 판다.

처음엔 꽤나 쏠쏠했다. 게임 초기이고 이를 바탕으로 경쟁자가 적을 때 비싸게 골드를 팔아먹을 수 있었으니까.

하지만 그것도 잠시. 투자 금액을 생각하면 이대로는 안 됐다. 뼈 빠지게 몇 날 며칠을 사냥해야 벌어들이는 금액이 1골드 남짓인데 어느 세월에 캡슐 한 대 값이라도 갚겠나.

느리게나마 레벨이 오르고 있지만, 얻는 건 전부 현금으로 바꿔 버리니 캐릭터에 투자를 못 해 더 높은 레벨의 몬스터를 잡을 수도 없었다.

기껏해야 늑대!

벌이가 조금 나아지긴 했지만 투자 금액을 제외하더라도 겨우 입에 풀칠하는 수준.

동시에 깨달았다.

판타스틱 월드는 이런 식으로 해서 안 되는구나.

공헌이와 마찬가지로 대부분의 작업장이 고민을 시작했다.

여기서 접는다는 건 어불성설. 세상에 판타스틱 월드를 한 번도 안 해본 사람은 있어도 한 번만 해본 사람은 없다. 이는 이들에게도 적용되는 단어였다.

당장 굴러가는 액수의 단위만 해도 PC 게임과는 차원이 다르다.

그런 꿀을 두고 물러선다?

골치 아프게 머리를 굴리는 편이 훨씬 낫다. 그렇게 한참을 고민했고 결국 누군가의 행동과 함께 유행이 만들어졌다. 아이템이 굳이 좋지 않아도 되며 사람만 많으면 돈을 벌 수 있는 직업!

PK범!

누가 퍼뜨렸는지는 모른다. 하나 알음알음 소식을 공유하는 작업장들끼리 어느 순간 너도나도 시행하고 있었다. 그 효과는 감히 사냥하며 돈을 벌 때와는 차원이 달랐다. 그리고 이는 곧 무법천지의 오픈을 알리는 축포가 되었다.

현실과 다르게 판타지 월드에선 모험가를 죽이면 죽은 모험가가 직접 수배를 때리지 않는 이상 어떠한 불이익도 없다. NPC 역시 마찬가지. 단속이 심하긴 하지만 걸리지만 않으면 장땡이다. 이 얼마나 산적질 하기 좋은 세상이란 말인가!

인적이 드문 길을 돌아다니며 만나는 유저를 공격하고 아이템을 뺏는다. 산속 마을을 발견하면 역시 들어가 NPC들을 약탈하고 공격한다. NPC라고 모두 레벨이 높고 싸움을 잘하는 게 아닌 만큼 작은 마을을 공격하면 오히려 유저들보다 털어먹기가 쉽다. 게다가 그들은 이곳에 터전을 잡고 사는 존재들! 이제 막 시작해 최소한의 아이템 드랍 방지를 받는 유저보다 훨씬 많은 걸 얻어낼 수 있다.

처음이 어렵지 두 번, 세 번은 쉬운 법. 재미를 본 작업장들은 아예 그쪽으로 전향해 아이템까지 맞추는 추세가 되었다.

그리고 현재 리치 영지 앞엔 세 무리의 작업장이 모여 있었다.

"여기 진짜 꿀 맞지? 생각보다 큰데?"

"맞다니까. 내가 벌써 2주 전부터 염탐한 데야. 이제 막 발전 시작한 마을 같은데 안에 이것저것 가져다 팔 것도 많고 건물 짓기 시작해서 그런지 자재도 많다니까. 거기다 여자도 많고."

"오, 대체 이런 데를 어디서 찾은 거야?"

"뭐 산적질 한다고 이리저리 돌아다니다 우연히 웬 유저 하나 잡아다 털려고 따라가다 발견했지. 경비하는 병사들이 몇 있긴 하지만 레벨이 그리 높아 보이진 않으니까 머릿수로 밀어붙이면 충분히 털 수 있어."

"흠, 이거 근데 좋아 보이긴 하는데 체하는 건 아니겠지? 괜히 수배 걸리거나."

"야, 야! 쫄리면 빠져. 혼자 먹기엔 좀 힘들어 보여서 속 쓰려도 같이 먹자 손 내밀어줬더니 이것들이 열매만 날름 처먹으려 하네."

"알았어. 미안, 미안. 어차피 들어가서 다 털고 즐길 거 즐기고 죽이면 그만이니까. 알았으니까 가자."

그야말로 흉악범들의 대화! 현실성이 보장되는 게임에서 터져 나오는 인간의 본성!

그렇게 200여 명의 유저가 당돌하게 진격했다. 리치 영지를 향해.

3

"······영주님?"

"오랜만이네요."

"강녕하셨습니까."

"저야 뭐 영지 발전을 어떻게 해야 많이 당겨먹을 수 있을까 고민하느라 매일 밤을 지새웠지요."

"하하."

농담 아냐, 인마. 지금도 원래 쉬어야 하는데 한걸음에 달려온 거 보면 모르겠냐.

NPC에게 말해 뭐하겠나. 그냥 농담으로 넘기며 주변을 둘러봤다.

한 달 하고도 반 동안 많이 발전한 모습의 영지. 허름한 집들과 먹고살기 위한 농업은 없어지고, 한시민이 원하는 만큼은 아니지만 새로운 건물이 하나둘 지어지고 있는 상황이었다.

"힘이 나네요. 아직 미약하지만 조금씩 발전하다 보면 언젠가 대륙 최고의 유흥 도시로 나아갈 수 있겠죠."

"열심히 노력하겠습니다."

"교류는 어떻게 돼가나요?"

"몬스터로부터 치안을 확보하고 나니 상인들이 하나둘 저희 영지를 거쳐 다른 왕국으로 오가기 시작했습니다. 아직 수익을 낼 만큼의 영지 발전이 이루어지지는 않았지만 차차 시간이 지나면 해결될 문제로 보입니다."

"좋아요."

아직 해결해야 할 영지의 문제는 수도 없이 많다. 하지만 단한 걸음, 내디뎠다는 소식만으로도 뿌듯하다. 이게 부모의 마음일까. 괜히 주변에서 알짱거리는 작업장인지 뭔지 하는 놈들도 뿌리를 뽑아주겠노라 마음속으로 다짐이 선다.

"고생이 많네요. 이거 가지고 근처 도시 가서 맛있는 거라도 사드세요."

"아이고. 감사합니다, 영주님."

평생 한 번 벌어질까 말까 하는 한시민의 호의까지!

3골드가 보좌관의 손에 쥐어졌다. 여전히 기름기가 좔좔 흐르는 덩치가 귀여워 보이기까지 한다. NPC라 별 기대도 안 하고 있었는데 이렇게 영지를 열심히 발전시켜 주다니! 딱 한시민이 원하던 보좌관의 상이 아닌가!

"그럼 수고하세요. 전 주변 좀 둘러보러 갈게요."

"예, 영주님."

근엄하게 뒷짐을 지며 마을을 벗어났다. 사실 한시민은 공헌이와 함께 영지까지 올 이유는 없었다. 그냥 오는 길에 매복 중인 산적 놈들을 찾아 나서면 되는 거니까.

하지만 이왕 오는 김에 마법진을 확인하기로 했다.

'마법진은 잘 발동되고 있으려나?'

마법진 덕분에 비싼 몬스터들을 잔뜩 잡아다 팔아 돈을 벌고 있다는 말은 들었지만 직접 눈으로 보고 싶은 마음은 어쩔 수 없으니까.

"호오, 잘 발동되고 있네."

영지 외곽으로 나오니 설치해 둔 마법진이 눈에 들어온다. 마법진은 일반 유저나 NPC, 몬스터의 눈엔 보이진 않지만 주인에겐 보인다.

이곳은 아직 망루 외에 발전된 게 없어 초라해 보이지만 한시민의 눈엔 영지 자체를 준다 해도 바꾸지 않을 보물!

마법진의 굳건한 모습에 만족하며 토끼들이 대기하고 있는 곳으로 향했다. 피곤한 와중에 여기까지 온 보람을 느꼈으니 이제 할 일을 할 차례다.

"……?"

그렇게 도착한 토끼 집결지엔 묘한 대치가 이루어지고 있었다.

"뭐지?"

"아마 작업장인 거 같습니다."

토끼들과 함께 대기하던 공헌이의 말에 인상이 절로 찌푸려진다.

아니, 왜?

"저 많은 사람이요?"

"예. 대충 입은 방어구, 주워다 쓰는 무기를 보니 중국 계열 작업장 같네요."

"와, 얼핏 봐도 수백은 되어 보이는데 저렇게 많은 캡슐을 산다고요?"

"잘만 되면 그보다 많이 벌 수 있다는 확신이 있으니까요."

"…… ."

글쎄, 난 잘 모르겠는데. 아니지. 중국이니 불량품 캡슐을 사다 쓰려나.

어찌 됐든 남이 돈 투자하는 것 따위엔 관심이 없다. 한시민이 불만인 건 대체 왜 하필 그의 영지냐는 것.

"산적질 한다더니 왜 남의 영지를 털려는 사람들처럼 여기서 대치하고 있죠?"

"……충분히 털 수 있다 판단했겠죠."

"이런 미친."

말로만 들었을 땐 그러려니 했는데 직접 눈으로 보니 어이가 없다.

진짜 영지를 턴다고? 아무리 작아도 그렇지 하나의 귀족 소유 영지인데?

소름이 끼쳤다. 그 부분은 차마 예상하지 못했다. 너무도 현실성 넘치는 게임이기에. 제국의 가호를 받는 영지를 공격할 배짱은 없겠지라고 생각하고 만 게 실수다. 산적 NPC야 그런 생각을 하겠지만 유저들은 아니니까.

제국이고 뭐고 돈만 벌면 장땡이다. 특히 작업장 유저들이야 재수 없으면 계정을 새로 만들면 된다는 방법까지도 택할수 있고.

"진짜 큰일 날 뻔했네요."

시작이야 공헌이 개인의 사리사욕이겠지만 결과적으로 한 시민에겐 큰 도움이 되었다. 마탑에서 구입한 마법진은 성능면에서 아주 좋지만 단 하나의 단점을 꼽으라면 인간을 대상으론 발동하지 않는다는 것이다. 드넓은 대지에 몬스터 하나만 대처하는 옵션으로 설치하는 조건에 드는 비용이었기에 어쩔 수 없었다.

"후, 이제는 빌어먹을 유저들까지 신경 써야 하다니."

골치가 조금 더 아파졌다.

실제로 영지민들은 저렇게 많은 유저를 막을 힘이 없다. 몬스터보다야 약하겠지만 영악하기 짝이 없는 인간들 아닌가. 제대로 된 치안이 없는 영지 하나의 몰락은 쉬울 것이다.

"이 개새들이……."

그렇게 생각하니 분노가 치밀어 올랐다. 하마터면 1억 6천만 원짜리 마법진이 사라진 영지에 수호신처럼 남아 역사서에 기록될지도 모를 뻔했다.

"다 뒤졌다."

그 한마디는 묘한 대치의 끝을 알렸다.

"물어!"

분명 이 작은 마을엔 NPC들밖에 없다고 들었건만.

당황한 작업장 유저들에게 토끼들이 달려들었다.

한시민에겐 행운이자 작업장 유저들에겐 천하에 둘도 없을 불행!

둘의 만남은 상당히 질척거렸다.

"뭐야! 이 토끼들은!"

"이런! 당신! 뭔데 남의 영업 방해야? 죽고 싶어?"

한 달간의 특훈을 거친 토끼들의 레벨은 35를 넘었기 때문. 토끼들마저 7이 넘는 레벨을 올리는 동안 주인은 고작 5레벨을 올렸다는 사실이 가슴 아프지만 대신 스탯 포인트는 두 배로 얻기에 10레벨 올렸다 생각하면 편했다.

어쨌든 그런 토끼들의 습격은 수적 차이를 무의미하게 만들었다. 기껏해야 20레벨 중반인 작업장 유저들과 레벨부터 두 배 이상 차이 나지 않는가. 아이템을 벗고 싸워도 이기는 수준이다. 그래도 켄지 길드나 실드 길드와 다른 게 있다면 악이랄까.

"너 어디 사냐! 지금 찾아간다."

"이런 개자식! 당장 치워라!"

적반하장도 이 정도면 유분수다. 자기들이 먼저 쳐들어와 놓고 방어하는 주인에게 화내는 꼴이라니!

중국이고 또 워낙 기세가 흉흉해 살짝 움찔하긴 했지만 한 시민은 그 정도 위협에 물러설 사람이 아니었다.

"꺼져, 새끼들아. 남의 땅 털어먹으려는 새끼들이 말은 많네. 캐릭터 삭제할 때까지 찾아가 죽이기 전에 닥치는 게 좋을걸?"

"미친 새끼. 여기가 네 땅이라고? 감히 우릴 건드리게 된 걸 후회하게 만들어준다. 죽이고, 죽이고 또 죽여봐라. 우리가 포기하나. 24시간 교대로 계속 귀찮게 해주마."

"그러든지."

걸어오는 싸움은 피하지 않는다. 현실이었다면 진짜 죽을지도 모르니 귀한 자존심 한 번 꺾고 말겠지만 여긴 게임이 아닌가! 그럴 필요도 없고 이유도 없다. 게다가 한시민에겐 쫄지 않아도 될 천군만마가 존재한다.

"나도 한마디 할게. 너희가 먼저 시비 붙였으니 나도 너희가 죄송하다고 5억 줄 때까지 죽이고 또 죽인다. 각오하는 게 좋을 거야. 난 시간이 굉장히 많은 사람이거든."

"병신, 그러든지."

양쪽 모두 자존심을 굽히지 않았다. 당연히 말싸움의 끝은 없었다. 다만 한쪽이 일방적으로 죽어 나갈 뿐이다.

그런 상황을 보며 공헌이가 혀를 찼다.

"불쌍한 놈."

경쟁자고 그의 장사에 방해가 되기에 일러바쳤지만 한시민과 엮이게 된 점에 대해선 심심한 애도를 표했다.

그 역시 처음엔 한시민에 대해 좋은 이미지를 가지고 있던 것을 생각해 보면 끔찍하기 그지없다. 그래도 나름 판월 커뮤니티에서 화제가 되었던 사람이라 기뻐했었는데 그를 빌미로 영혼까지 털어먹을 계약서를 들이밀 땐 정말이지 사람이 달라 보이지 않던가.

그나마 좋게 도장을 찍었으니 이런 관계나마 유지하고 있는 것이지 눈앞의 작업장 녀석들은 자존심을 버리지 못한 채 바득바득 대들고 있다.

물론 저게 어쩌면 당연한 행동일지도 모른다. 그들에게 이 바닥은 곧 밥줄이니까. 누가 밥줄에 대고 끊어버리겠다 협박하는데 어찌 가만히 있겠나.

결론은 저들이 약탈 대상으로 이 영지를 택한 것 자체가 재수 없는 일이다.

"어우, 씨. 빡치네."

결국 한 명도 남기지 않고 죽여 버린 한시민이 분이 풀리지 않았는지 계속 씩씩댔다.

"쟤네 작업장 위치라도 한번 알아봐 드릴까요?"

"네? 그건 왜요?"

"아니, 현피라도 뜰 기세라."

"미쳤어요? 갔다가 장기 털리면 어쩌려고요."

한시민의 자신감은 어디까지나 익명성에서 오는 것!

현실에선 기껏해야 군대나 전역하고 한량처럼 놀던 사회 초년생인데 무슨 배짱으로 삶의 밑바닥에서 사는 사람들과 마주한단 말인가.

"게임의 일은 게임으로 풀어라! 어쨌든 고마워요. 덕분에 내 펀드 지켰네요."

"……저도 감사합니다."

"골드는 2천 골드부터 구매할게요. 나머지는 구하는 대로 연락 주세요."

"네."

골드를 건네받고 토끼들에게 명령을 내렸다.

"너희들, 나 이틀만 쉬고 올 테니까 영지에 들어오려는 새끼 있으면 바로 조지고 아이템 잘 챙겨놔. 알겠지?"

"뀨우! 뀨우!"

"밥은 마을에 가면 돼지 아저씨 있으니까 맛있는 당근으로 달라 하고."

"뀨!"

어차피 당분간은 백수다. 할 짓도 없고 여기저기 돌아다니며 알이나 강화할 생각이었던 한시민에게 주어진 콘텐츠는 그를 들뜨게 만들었다.

벌레 퇴치!

계획을 세운 한시민이 로그아웃했다.

4

우선 12시간을 잤다. 침대가 워낙 고급이라 그렇게 잤는데도 허리가 아프지 않다. 일어나서는 따뜻한 물로 몸을 씻고 곧장 옷을 챙겨 입고 나가 5성급 호텔에서 브런치를 즐겼다. 그뿐이랴! 밥을 먹고 나선 사치스럽기 그지없는 호텔 내 디저트 카페에서 빵과 커피까지 마셔가며 여유를 즐겼다. 충분히 그럴 만한 가치가 있었다. 적어도 오늘만큼은!

"나온 김에 호텔에서 하루 잘까?"

그냥 제일 싼 방도 아니고 스위트룸으로!

하지만 그 정도까지는 손이 떨려서 하지 못했다. 제아무리 통장에 10억이 넘는 돈이 있어도 결국 마인드는 한시민의 것!

"푹신한 침대 두고 뭐하러 호텔에서 자."

오기 전에 공헌이에게 2억을 보낸 상태라 마냥 기분이 좋은 것도 아니었다.

"영화나 한 편 봐야지."

오늘은 그야말로 휴식의 날! 게임 따윈 머릿속에서 지운 채 현실의 삶을 즐기기로 했다.

그래야 또 신나게 달릴 수 있지.

호텔에서 나온 한시민은 곧장 아파트를 알아보러 향했다. 갖고 있는 돈은 11억. 7천만 원은 여유 자금으로 두고 적당한 곳을 찾았다.

"주변에 상권도 많고 교통도 편리하고 지하철도 가까우면서 사람도 많은 곳으로요."

서울에서 그런 아파트는 비싸다. 차라리 그 돈으로 상가를 산다면 추가적인 수익을 노려볼 수 있겠지만, 앞으로 판타스틱 월드에서 벌어들일 돈이 그보다 많다 확신하는 한시민은 별생각 없이 그가 원하는 조건에 부합하는 집을 골라 질렀다.

"여기 한번 보여주세요."

33평. 11억을 고스란히 투자해야 하지만 내 집 마련이라는 이름은 그를 설레게 만들었다.

해야 할 것도 많고 알아볼 문제도 많지만 그까짓 것!

'자는 시간 줄여서 계약하고 이사해야겠다.'

동시에 집의 인테리어를 어떻게 할지에 대한 고민도 들었다. 기껏해야 하루 몇 시간 캡슐에서 나와 용변 보고 씻고 밥만 먹을 집이지만!

"후후, 기대된다."

때마침 집도 딱 한시민이 원하는 깔끔함에 구조도 마음에 들었다. 좁디좁은 원룸에서 살다 이제 겨우 10평짜리 오피스텔로 옮긴 그에게 무엇이 불만이랴!

"이걸로 할게요."

집을 고른 한시민이 영화표를 취소하고 곧장 캡슐로 복귀했다.

"아, 보람찬 하루였다."

이틀은 게임이고 뭐고 잊겠다는 다짐은 곧 비어버릴 통장에 순식간에 사라졌다.

한 푼이라도 더 벌자!

"오늘부로 산적이다 뭐다 하면서 우리 영지 근처에 설치는 새끼들은 이유 불문 다 조진다."

이제 곧 집주인이 될 의욕의 사나이가 접속했다.

⑤

작업장을 운영하는 사람들은 서로 경쟁하면서 동시에 긴밀한 관계를 유지하고 있다. 어찌 됐든 그들이 하는 짓은 불법이었고 그래도 이 바닥에 최소한의 상도는 지키기 위해.

그건 판타스틱 월드로 넘어오며 한층 강화됐다. 이제는 불법도 아닐뿐더러 불법적인 일을 하고 싶어도 할 수가 없다! 당연히 많은 정보가 필요하니 같은 업종에 종사하는 사람들끼리 초반엔 뭉치자!

간 쓸개 다 내어주며 이익을 나눌 사람은 없지만 그래도 최소한의 연락책은 갖추고 서로 매너 지켜가며 영업하고 있었다.

그런 그들에게 중국 쪽에서 영업하는 작업장이 연락을 돌렸다. 마찬가지로 대륙 곳곳을 누비며 산적질을 하며 짭짤한 수익을 올리고 있는 작업장들이었다.

"뭐? 어디?"

"내가 좌표 찍어줄 테니 거기 가서 귀찮게 좀 해달라고."

"우리가 왜?"

"돈 줄게."

"어디라고?"

휴전을 선포했지만 그렇다고 아군이 된 것도 아니다. 누가 오란다고 오갈 사람은 아무도 없다.

하나 돈을 준다면 말이 달라지지.

"우리가 터는 건 우리가 갖는다?"

"마음대로. 내가 원하는 건 어떻게든 그 마을의 재 한 줌 남기지 않는 거니까."

"대체 무슨 일인데 그래?"

"개인적인 원한."

"어후, 어떤 놈인지 불쌍하네."

다 먹고살자 하는 일인데 그런 일을 하는 놈이 얼마가 들든 상관하지 않고 동업자들을 모은다.

악질이기로 소문난 이들을 모으는 이유?

뻔하다.

파멸!

많이 묻지 않고 돈만 확실하게 챙겨주면 문제없이 일을 해결해 주고 뒷말까지 나오지 않는 이들!

"언제부터 하면 되는데?"

"당장."

"좋아. 입금은 확실한 거지?"

"내 작업장을 건다."

더 이상의 말은 필요 없었다. 무조건 손해 보는 장사하겠다는 자에게 캐물어 뭐하겠나. 가서 굿이나 보고 떡이나 많이 챙겨오면 그만!

"얘들아, 캡슐에 메시지 돌려라. 원정 좀 가야겠다."

"예."

한시민의 발전 중인 리치 영지가 작업장들에게 가장 먼저 알려졌다.

그 시각.

"집도 샀겠다, 빨리 정리하고 인테리어 해야지."

전 재산을 투자해 자기 집을 계약하고 온 한시민은 곧바로 토끼들을 소집했다.

캐릭터가 사라지는 로그아웃을 할 경우, 테이밍된 몬스터나 소환수도 사라지지만 그렇지 않을 경우 게임 내에서 여전히 활동 가능한 점을 활용해 토끼들을 자유롭게 풀어두었더니 여기저기서 뛰어왔다.

"오! 사냥도 했어?"

"뀨!"

그리고 오와 열을 갖춘 뒤 갖고 있던 것들을 뱉어내는 토끼들. 과연 주인을 닮아서인지 근처 사냥터에서 사냥하고 남은 부산물들이 쏟아져 나온다. 레벨대가 높아 위험할 수도 있었지만 알아서 위기의식이 들지 않는 이들만 때려잡는 센스까지!

"나중에 당근 뷔페 한번 가야겠는걸?"

"뀨우! 뀨우!"

기뻐하는 토끼들을 보며 걸음을 옮겼다.

"스무 마리만 영지에 남아 혹시 수상해 보이는 새끼들 있으면 바로 조져."

사냥도 좋고 수금도 좋지만 지금부터 할 일은 전쟁!

이미 쳐들어왔던 작업장 놈들은 죽었지만 그게 전부이리라곤 생각지 않았다. 그쪽 바닥에 대해서 자세히 알지는 못하지만 그냥 아이템 중개 사이트만 켜봐도 골드 거래 글이 수십 개가 넘으니까.

글 하나당 작업장 하나라 생각하면 적어도 수만에서 수십만까지 골드 판매만을 위한 유저일 가능성도 있다.

'징글징글하네.'

그렇게 생각하니 인상이 절로 찌푸려진다.

역시 또 하나의 세상이라 그런가.

정말 까면 깔수록 뿜어져 나오는 양파 같은 매력에서 헤어나올 수가 없다.

사냥 하나만으로도 하루 4시간도 자지 않는 유저들부터 돈을 위해 산적이 되길 마다하지 않는 놈들까지. 그 외에도 이 넓은 대륙을 전부 구경하겠노라 여행자가 된 사람도 있고 노래 부르며 유유자적 인생을 즐기는 미친놈도 있다.

25년 동안 수많은 게임을 플레이해 본 게임 폐인으로서 감히 확신하건대 판타스틱 월드는 절대 망하지 않으리란 자신감까지 생긴다.

그러니 더 열정적이다.

내 평생 연금이 되어줄 영지를 건드린 놈들, 그것도 모자라 감히 적반하장으로 복수하겠노라 당당히 외치던 놈들! 그들에게 보여주리라. 적어도 게임 안에서 강화로 많은 걸 이룬 한 시민의 꼬장을! 더 이상 리치 영지에서 뻗어난 길 위에선 감히 산적질의 산 자도 생각하지 못하게 만들리라.

사실 리치 영지가 지리적 이점이 있는 건 맞지만 그렇다고 모든 작업장이 그곳으로 몰려오진 않는다.

작업장끼리도 영역이라는 게 있고 정말 마음에 드는 곳이 있다면 힘으로 빼앗는 게 맞다. 하지만 진짜 가만히 앉아 있어도 돈을 끌어모으는 장소가 아니라면 굳이 마찰을 일으키진 않는다. 자신만 손해가 생기는 일이 벌어질 수도 있기 때문.

시작 장소도 저마다 다르지 않은가. 드넓은 대륙에 굳이 리치 영지에 옹기종기 모일 이유는 아직까진 없다.

"……뭐가 이래 없어."

무엇보다 리치 영지 주변은 고레벨 사냥터가 득실거린다. 기껏해야 20레벨 중반, 높아 봐야 30레벨대의 작업장 유저들이 괜히 알짱거리다 지나가는 몬스터에게 한 대 맞고 로그아웃당하기 일쑤. 인간은커녕 몬스터만 잔뜩 만나는 게 결코 이상한 일이 아니다.

"아씨, 이게 아닌데."

덕분에 토끼들 경험치만 잔뜩 쌓고 있었다.

만나는 몬스터들이 강하고 가져다가 팔면 비싸서 크게 불만은 없지만…… 그래도 뭐랄까. 상어를 잡으러 나왔는데 원하는 상어는 코빼기도 보이지 않고 민물고기만 잔뜩 돌아다니는 기분이랄까.

의욕이 팍 식는다. 그래도 나름 장기 프로젝트라 생각하고 하루 휴식까지 취하고 들어왔건만.

추가적인 사냥감은 없는 건가? 그냥 48시간 기다렸다가 다시 쳐들어오길 기다려야 하나?

"그건 좀 지겨운데."

하긴, 생각해 보니 너무 오버하는 감이 없잖아 있는 것도 같았다.

진짜 화난 것처럼 보였지만, 그래도 골드 모아서 생계 유지하는 사람인데 그렇게 발려놓고 또 오겠어? 과민반응이겠지?

"에이, 젠장."

기대한 내가 바보지.

한시민이라도 그렇게 무참히 발렸으면 다시 찾아올 생각을 하지 못했을 것이다.

"알이나 강화하러 가야겠다."

한번 식은 흥미는 쉽게 돌아오지 않았다. 그래도 혹시 모르니 30분 정도 더 돌아다녔지만 깊숙이 들어갈수록 인간은커녕 점점 강한 몬스터만 우글우글 몰려다니는 모습에 그냥 영지로 돌아왔다.

사냥이야 한시민의 스탯이면 가능할지 몰라도 토끼들에겐 아직 위험부담이 큰 일! 굳이 위험을 감수하면서까지 그의 레벨을 올릴 생각은 없었기에 주변 탐방은 여기서 마치기로 했다.

"보좌관님, 저 어디 좀 갔다 올 테니까 발전 잘 해놓으세요."

"예, 걱정 마십시오. 영주님."

"제가 갔다 올 때까지 마법진 설치한 곳까진 개발할 수 있을까요?"

"……글쎄요. 발전이라는 게 그렇게 빨리 되는 게 아니라……. 현재 영지 자금 문제도 조금 있고요."

"……."

그렇게 침울한 표정 지으면 괜히 형식적으로 물어본 내가 뭐가 되니.

"아시겠지만 자금이 넉넉할수록 발전이 빠릅니다. 한데 요즘은 몬스터들도 쉽게 접근을 안 하고 상인들이 오가긴 하지만 가지고 있는 밑천이 없다 보니 그들이 머무르며 쓰는 돈만으로 발전을 이뤄야 하는데……."

"그래서 필요한 게 뭔데요?"

하, 결국 내 입에서 이 말이 나오는구나. 젠장.

"그건 영주님께서 더 잘 아시지 않습니까?"

"얼마면 되는데요."

말투가 절로 삐딱해진다. 주머니에 불과 하루 전에 들어온 따끈따끈한 2천 골드가 자신을 버리지 말라 아우성치지만 애써 무시한다.

어차피 쓰려고 산 돈이잖아. 망설이지 말자.

"많으면 많을수록 좋습니다."

"……."

뒤룩뒤룩한 덩치 뒤에 숨겨져 있던 보좌관의 당당함은 천하의 한시민마저 인정하게 만들었다.

그래! 남자가 이 정도의 배짱은 있어야지.

"여기 2천 골드요. 시발."

"……예?"

"아뇨, 감탄사예요. 보좌관 덕분에 우리 영지의 앞날이 창창한 거 같아서요. 시발."

"아아. 감사합니다, 영주님. 최선을 다해 보좌하겠습니다."

한시민 인생에 10억이라는 거금을 만져 보지 못했다면 결코 하지 못할 투자였다.

세상에 누군가에게 현찰로 2억을 넘기다니. 그것도 가족도 아닌 사람에게! 아니, 가족이라도 요즘 세상에 그러기 힘들다.

'어디 유흥에 몰래 쓰거나 슬쩍 처먹으면 뒤졌다.'

의심스러운 눈빛으로 훑었지만 의심해 봐야 머리만 아픈 건 한시민이다. 어차피 상대는 NPC니까. 떼먹어도 하소연할 곳도 없고 건네준 한시민만 병신이라 소문날 일.

이왕 준 거 믿고 맡기자.

"그럼 다녀올게요."

"우선 영지 치안에 조금 투자해도 되겠습니까?"

"투자하든 말아먹든 성과만 내세요."

"예, 알겠습니다."

그러곤 재빨리 자리를 떴다. 계속 있어 봤자 속만 쓰릴 것 같다.

"야, 토끼들. 내 땅 잘 지키고 있어라."

알을 꺼내 든 한시민이 영지를 떠났다.

"……."

또 기나긴 여정이 되리라는 건 흐릿한 명당의 위치에서 느껴졌다.

시간이 흐르면서 작업장들이 하나둘 리치 영지로 집결하기 시작했다. 여타 PC 게임처럼 어디 가고 싶다 하면 10브론즈 정도 내고 순간이동 할 수 있는 게 아니기에 발생한 일!

그사이 한시민에게 죽었던 중국 쪽 작업장 유저도 모두 부활했다.

"와, 이 정도 숫자라니. 이렇게까지 할 필요가 있어?"

"그때 만났던 몬스터들 뭔가 강했어. 우리 레벨이 부족하니 숫자로라도 밀어붙여야지."

"진짜 돈 주는 거 맞지?"

"이번 일에 사활을 걸었어. 마음 같아선 현실 신상 캐고 싶지만 불가능하니 그놈이 갖고 있는 걸 완벽하게 박살 내야지."

거의 천이 넘는 숫자다. 작업장 개수로 치면 열 개도 안 되지만 딸린 직원의 수가 이 정도! 든든하기 그지없다.

하니 절로 자신감이 솟구쳤다. 레벨이 낮고 템도 많이 부족하지만 뭐든 할 수 있을 것만 같다.

"가자."

"이렇게 대놓고?"

"어차피 이미 한 번 공격했고 다시 오리란 것쯤은 알고 있을 거야. 돌아서 가다가 이 근처 몬스터들한테 죽느니 바로 가는 게 나아."

"뭐 그러라면 그러지. 얘들아, 준비해라."

"예!"

우렁찬 목소리가 울려 퍼졌다.

돌격하는 그들을 가로막는 건 아무것도 없었다. 솟아오르는 건물들이 보일 만큼의 거리까지 무난히 도달했다.

"역시 쫄아서 도망친 건가?"

"뭐야, 이거 너무 쉬운 거 아냐?"

"아직 몰라. 웬 이상한 토끼 놈들만 조심하면 되는데 아직 안 보이니 긴장 풀지 마."

"토끼야 처음부터 잡던 건데 뭐."

"그런 수준의 토끼가 아니니까 하는 말이지."

불안한 눈빛으로 주변을 살핀다. 진짜 영지를 버리고 도망간 거라면 상관이 없지만 그때 보았던 토끼들이 어디선가 기습이라도 해온다면 상당히 어려운 싸움이 될 수밖에 없다.

이번엔 숫자가 상당히 많지만 그래도 판타스틱 월드는 하나의 게임! 레벨과 장비가 숫자를 어느 정도 커버 가능하니.

"만약 토끼들이 나타나면 절대 흩어지지 말고 모여서 대항해야 해. 그러다 무리에서 이탈하는 토끼가 있으면 몰려가서 밟아 죽이고."

"예예."

나름 계획을 세우며 조심스럽게 접근했다.

그리고.

"적이다! 영주님께서 말씀하셨던 적들이 몰려왔다!"

"엄청나게 많다!"

"비상! 비상!"

마을 입구에 세워져 있는 망루에서 그들을 발견했는지 다급한 목소리가 들려왔다. 동시에 작업장 유저들이 뛰기 시작했다. 긴장하라니 뭐니 했지만 그들에게 이번 일은 공짜로 버는 돈이다. 죽어도 돈을 받는데 뭐하러 긴장한단 말인가!

그깟 토끼들! 나오면 마음껏 짓밟아버리리라!

쿠쿠쿠쿵!

그런 그들의 마음이 들리기라도 한 걸까.

"으아악!"

"뭐야!"

갑자기 바닥이 무너졌다. 대규모로.

천 명이 넘는 유저를 한 번에 떨어뜨릴 만큼 큰 구덩이는 아니었지만 하나의 거대한 세력이 둘로 쪼개졌다.

문제는 그다음이었다.

"뀨우! 뀨우!"

꺼진 바닥, 넓은 공간 속, 보이지 않는 어둠에서 들려오는 토끼들의 울음소리는 긴장하지 않겠다던 유저들에게 충분한 공포를 유발했다.

지옥의 시작이었다.

6

약속대로 이틀을 쉰 스페셜리스트는 상쾌한 기분으로 접속했다.

"와, 아직 2등은 48도 못 찍었어."

"그 새끼 50 찍기 전에 우리가 퀘스트 다 먹어야 해."

"바로 시작하자."

메인 퀘스트 2막.

1막은 모든 유저에게 공평하게 도전할 기회가 주어졌다면 2막부터는 해당 레벨을 달성해야 기회가 주어지기에 그야말로 실력과 노력의 차이에 따른 보상의 차등 지급!

당연히 수많은 유저가 반발하고 항의했지만 변하는 건 없었다. 제아무리 투덜대 봐야 게임사에선 게임 내적인 부분을 건드릴 권한이 없으니!

그래도 나름 먹여 살려주는 유저들이라고 조심스레 베타고에게 건의해 보긴 했지만 돌아온 답변은 한결같았다.

–판타스틱 월드는 또 하나의 세상입니다. 지구처럼 모든 게 유기적으로 돌아가고 노력한 자에게 많은 게 주어지는 세상이죠. 이는 모든 NPC에게 적용되는 현실이며 유저들에게도 다르지 않습니다. 짜인 스토리를 따라가기 위해선 당연히 그에 맞는 힘이 필요하고 자격이 필요한 법. 얻길 원한다면 노력하십시오. 남들보다 노력하는 유저는 이미 당신보다 앞서나가고 있습니다.

'또 하나의 세상'.

유저들이 판타스틱 월드에 가장 열광하는 근본적인 이유.

그걸 들먹이는 순간 유저들은 할 말이 없어진다. 억지 부린다면 그건 곧 그들이 가장 사랑하는 게임의 장점을 제 스스로 파괴해 달라 요청하는 셈이니까.

물론 그럼에도 불만이 아예 사라진 건 아니었다.

시간은 그렇다 쳐도 돈! 레벨 랭킹 1,000등 이내의 유저들 중 판타스틱 월드에 수천만 원 이상 쓰지 않은 이가 없을 정도라는 건 공공연한 사실!

이를 빌미로 다시 한번 비벼보고자 했다. 어찌 됐든 과한 현금 유도는 모든 게임이 주의해야 할 사항이니까.

하지만 이 역시 베타고의 답변은 단호했다.


ㅡ판타스틱 월드가 현금 거래를 규제하지 않고 중개하는 이유는 게임에 접속하는 유저들의 기본 재산 역시 하나의 능력이기 때문입니다. 많은 돈을 투자하는 것만이 빠르게 레벨을 올리는 유일한 길이었다면 그걸 제재하는 대신 더 많은 선택지를 제공했을 겁니다. 하지만 판타스틱 월드는 레벨을 올리는 수많은 방안이 존재하고 유저들이 현금을 사용하는 것보다 훨씬 효율적인 방법이 널려 있습니다. 실제로 그를 활용해 현재 오버 밸런스가 아닐까 싶을 정도로 강해진 유저도 있고요. 돈은 전부가 아닙니다.


다분히 한시민을 지칭하는 말!

물론 그에게 주어진 수많은 행운엔 사람들이 그토록 부르짖는 레벨에 대한 페널티가 엄청났지만 어쨌든 그런 해프닝 덕분에 스페셜리스트는 안심하고 홀로 메인 퀘스트 2막을 시작할 수 있었다.

"그대들은 모험가이면서 누구보다 빠르게 자격을 갖추

었군."

"대륙을 지키기 위해 항상 노력할 뿐입니다."

"좋은 자세야. 하나 노력만으론 항상 부족하지. 아직 대륙에 찾아온 흉흉한 분위기에 대해 알아내기엔 너무나도 약해. 북부 미지의 땅, 서부 환각의 숲, 남부 운무의 해안, 동부 추락의 절벽. 그곳에서 나온 악의 무리를 추적해 단서를 모아주게."

"예."

"그곳들은 모험가인 자네들이 접근하기에 많이 위험하지만 점차 영역을 넓혀가는 악의 무리를 찾는 것이라면 멀리까지 가지 않아도 되겠지. 이 지도를 따라가게."

"감사합니다."

메인 퀘스트를 진행하는 방식은 수도 없이 많다. 당장 왕국별로 메인 퀘스트가 따로 진행되는 것만 봐도 알 수 있는 노릇!

왕에게 받을 수도 있고 혹은 메인 퀘스트와 관련 있는 노파에게 받을 수도 있다. 심지어 처단해야 하는 적에게 회유당할 수도 있고. 1막 마지막에 강예슬이 직업을 얻은 방식이 그런 것이었으니까.

무엇보다도 퀘스트의 중심으로 가장 빨리 들어갈 수 있는 게 중요하다.

그런 의미에서 정설아는 지금 상황이 크게 나쁘지 않다고 판단했다.

"1막에선 난폭해지는 몬스터들과 왕국 내 기현상의 발생지를 찾는 것이었다면 2막은 점점 범위를 넓혀 대륙 전체의 위험에 대해 경고함과 동시에 근원에 다가가기 위한 몬스터를 레이드해야 할 수도 있어. 그러니 첫 시작이 조사나 심부름이 아닌 점에서 꽤 괜찮은 편이지."

날카로운 분석과 판단이다. 몰입하다 보면 놓치기 쉬운 게임이라는 점도 포함한 추리!

어찌 됐든 유저들에게 재미와 흥미를 느끼게 만들어야 한다. 동시에 난이도까지 높아야 하고.

그를 위한 가장 좋은 방법은 무엇일까?

게임을 좀 아는 이라면 100에 99는 대답할 것이다.

레이드라고.

"파밍하고 레벨을 올리는 이유. 그리고 유니크 아이템을 가장 뿌리기 쉬운 방법."

레이드는 유저에게 우월함을 느끼게 하기 쉽고 공략 시도 그 자체만으로 관심을 갖는 유저도 많다. 또 뻔하면서도 게임다운 매력을 어필할 수 있는 수단이고.

사실상 그게 전부라고 해도 과언이 아니다. 게임이 잘 만들어졌는지 아닌지에 대한 지표!

"일단 가 보자."

"응."

이번엔 또 얼마나 강한 몬스터들이 기다리고 있을까? 그걸 공략하는 순간 얼마나 짜릿한 쾌감이 몰려올까?

지겨웠던 레벨 업의 나날들은 이를 위한 준비 과정이었을 뿐이다.

스페셜리스트가 당당한 걸음으로 지도에 표시된 곳으로 향했다.

"시민 오빠, 그새 또 어디 갔어?"

─왜? 나야 어차피 메인 퀘스트에 필요 없잖아.

지도에 표시된 곳까지 향하는 사이 연결된 한시민의 목소리는 밝았다. 캐릭터를 마차에 태워놓고 세 개짜리 방과 거실, 두 개의 화장실과 부엌을 어떻게 꾸밀까 하루 종일 서핑하는 중이기 때문.

편하게 내 집 마련에 꾸미기까지 하는데 이보다 천국이 어디 있을까!

기분이 좋은 한시민은 강예슬의 투정 따위 쿨하게 받아줄 수 있었다.

"아니! 우리 장비 바꿨는데 강화 좀 해줘."

–강화? 지금 당장 필요 없잖아. 나 지금 멀리 가야 하니까 나중에 해줄게.

　"돈 잔뜩 준비해 놨는데도?"

　–……얼마?

　"난 한 1억쯤? 언니랑 오빠는 아예 싹 바꿔서 더 많이 준비한 거 같은데."

　–돌아갈까.

　약점을 제대로 찔렀지만 아쉽게도 원하는 결과를 얻어내지는 못했다.

　–그래도 조금만 기다려. 어차피 메인 퀘스트에 레이드 나오려면 적어도 중간 보스까지는 가야 하잖아.

　"쳇, 설아 언니가 보고 싶다고 하는데도 안 올 거야?"

　–응, 안 속아. 됐고, 퀘스트나 열심히 하고 있어. 조만간 이사하면 집들이 초대할 테니 그때 선물 많이 가져오고.

　"엥? 오빠 이사해?"

　–집 산다고 했잖아. 계약하고 입주만 하면 돼.

　"와, 대박. 집들이 선물 기대해!"

　오히려 단순한 그녀가 연락한 목적을 잊고 한참 잡담이나 하다 끊었다.

　그 대화를 듣던 정현수가 혀를 찼다.

　"단순한 년."

"뭐가!"

"됐다. 너랑 말해봤자 내 머리만 나빠지지."

"우씨, 힐 안 줘."

"장비 바꿔서 힐 같은 거 안 받아도 충분히 탱탱해."

언제나 화목한 스페셜리스트!

티격태격하며 어느새 지도에 위치한 영지에 도착했다.

"표시된 건 일단 여긴데 바로 있을 거 같진 않고 북부로 올라가 봐야 할 거 같은데?"

"일단 들어가서 방부터 잡자, 언니."

"그래."

금강산도 식후경! 뭐라도 먹고 퀘스트를 진행하자.

게다가 이 근처에 그들이 원하는 게 있다면 영지의 NPC들에게 정보를 얻어낼 수도 있다.

아직 아무것도 들어서 있지 않은 땅을 지나 서서히 발전의 흔적이 보이는 영지에 도달한 순간, 스페셜리스트는 보았다. 심상치 않은 영지의 모습을.

"뭐, 뭐야."

"웬 땅을……."

영지민으로 보이는 사람들이 모두 모여 거대한 구덩이를 메우고 있다. 이것만 해도 상당히 괴기한데 그들이 등장하는 순간 기다렸다는 듯 경계하는 눈빛으로 째려본다.

여기 원래 오면 안 되는 곳인가?

순간 이런 생각이 들 정도!

셋의 시선이 빠르게 교차한다.

어떻게 하지?

뭐라 말하지?

아니, 아인 왕국의 수도에 가도 사람을 보자마자 이렇게 범죄자 보듯 보진 않는데, 여긴 뭐지!

혼란의 도가니.

"적인가?"

"적 아닐까?"

"모험가 같은데."

"영주님이 수상한 모험가는 다 때려죽이라 했는데."

더해지는 살벌한 말들! 발이 절로 뒤로 물러난다. 변명하고 싶지만 괜히 한마디 꺼냈다간 저들이 들고 있는 삽이 당장에라도 날아올 것 같은 기분이랄까.

NPC 개개인은 그리 강해 보이지 않지만, 굳이 NPC들을 공격하는 건 게임 하는 유저 입장에서 전혀 좋을 게 없기에 당연한 반응.

"무슨 일로 오셨습니까?"

"저희는 대륙의 어둠을 조사하기 위해 돌아다니고 있는 모험가입니다."

그러던 차에 영지민들 사이에서 구세주가 나타났다.

뒤룩뒤룩 찐 살! 고급스러운 옷감.

정설아가 반갑게 나서 자신들의 입장을 밝혔다.

아무리 그래도 메인 퀘스트 진행 중인 모험가를 공격하진 않겠지.

그녀의 걱정은 기우였다.

"뀨우?"

"어? 토끼다!"

대화를 진행하려던 찰나 나타난 익숙한 토끼들 덕분에.

"……?"

"……?"

리치 영지의 보좌관과 정설아의 어색한 눈빛이 마주쳤다.

## 7

"……그러니까 여기가 시민 씨 영지라는 건가요?"

"네, 영주님께서는 현재 강화할 게 있으시다며 먼 길을 떠나셨습니다."

그나마 가장 고급스러운 영주성에서 차 한잔과 함께 드러나는 사실들.

"와, 이런 우연이!"

"위치가 확실히 좋긴 하네."

어떻게 메인 퀘스트 진행 도중에 만난 영지가 하필 한시민의 것일까. 그 많고 많은 영지 중에서!

물론 스페셜리스트에게 나쁜 일은 아니었다.

"좋네. 이왕 온 거 구경이나 하다 가자."

얼마나 발전 가능성 있는지 확인하고 근처에 고렙 사냥터와 던전도 많다 자부했으니 그것도 겸사겸사 눈으로 보고!

어쩌면 자신들의 터전이 될지도 모른다는 생각은 영지에 대한 긍정적인 생각도 많이 심어주었다.

"영지민이 대체로 자립심이 강하네요? 낯선 모험가들을 경계하고."

"안 그래도 몇 시간 전에 영지를 공격하려는 모험가들이 잔뜩 몰려와서 그렇습니다. 오해한 건 사과드리겠습니다."

"아닙니다. 그나저나 시민 씨 영지를 노리는 모험가라니, 간이 부었나 보네요."

"다행히 영주님이 두고 가신 토끼들 덕분에 위기를 면할 수 있었습니다."

"……예."

자랑하듯 하는 말에 딱히 호응할 수 없었다.

그렇다는데 어쩌겠나. 한시민이 직접 손수 고생해 가며 막은 것도 아니고 할 일 하러 떠나면서 쩌리처럼 두고 간 토끼들이 몰려온 유저들을 막았다는데.

"그럼 저 구덩이는……."

"아, 저건 혹시 몰라 준비한 함정입니다. 예산이 부족해 일회용을 쓰고 있지만 나름 도움이 되더군요."

보좌관의 말엔 자부심이 가득했다. 그리고 그런 그의 말을 잘 들어주는 스페셜리스트에게 큰 호의를 보였다.

"방을 잡아드릴 테니 천천히 일들 보시죠. 영주님과 친하신 분들이라면 당연히 극진히 모셔야 합니다."

"아, 감사합니다."

덕분에 스페셜리스트는 편하게 생활하며 주변을 둘러볼 수 있었다.

한시민의 말대로 리치 영지는 그야말로 유저에겐 환상의 땅!

"기본 70레벨대의 몬스터들이 우글거리네……."

"던전도 많아."

"금광이라도 하나 찾으면……."

그걸 확인한 순간 아인 왕국의 길드 하우스 따위는 머릿속에서 지워졌다.

여기다!

다른 유저들과의 교류는 적어지겠지만 애초에 스페셜리스트는 그런 걸 따지는 성격이 아니다. 자기만족을 위해 게임 하는데 굳이 다른 유저가 뭐가 중요하겠나!

100레벨이 넘어도 좀 더 멀리 나가면 메인 퀘스트에서 언급된 네 개의 사냥터 중 하나에 가까워지니 걱정할 필요가 없다. 교통도 편리하니 소모품이나 장비 보충에 대한 문제도 끄떡없고.

영지 자체가 아직 발전되지 않은 문제야 한시민이 이곳에 얼마를 퍼붓고 있는지 들은 바가 있으니 걱정할 필요 또한 없다.

"여기서 묵으면서 메인 퀘스트 진행하자. 시민 씨 오면 바로 길드 하우스 이야기도 하고."

"응, 완전 좋아. 이런 평화! 농활 체험 온 거 같아. 헤헤."

누구보다 강예슬이 기뻐했다.

순박한 영지민들, 바쁘게 살아가는 생동감! 그런 열정은 그녀에겐 쉽게 접하기 힘든 종류의 감정!

해서 영지민들이 선물을 준비했다.

보다 큰 열정! 생동감!

"와아아아!"

"……저건 뭐야, 근데?"

이틀이 지난 영지에서 스페셜리스트는 일회용 구덩이가 왜 생겼는지에 대해 알 수 있었다.

"큰일입니다! 좀 도와주십시오!"

그리고 한시민의 영지를 지키기 위한 노역으로 토끼들과 함께 출전해야 했다.

**Episode 15.**

심심한데 상자나 깔까

1

한시민은 판타스틱 월드가 출시된 이래 가장 접속 시간이 적은 나날을 보내고 있었다.

"여긴 캡슐방으로 써야지. 암막 커튼도 넣고 어두컴컴하게 해서 시간 가는 줄 모르게 게임 할 거야."

"이 방은 안방. 침대 킹사이즈로 넣고 편하게 자야지."

"손님방은 음…… 필요 없겠지."

계약을 마치고 잔금까지 지불한 뒤 집을 꾸미기 시작했기 때문!

돈이야 인테리어를 할 정도는 넉넉히 남아 있기에 지르는 데 한 치의 망설임도 없었다.

"여긴 이렇고 이렇게 좋은 걸로 해주세요."

또 캡슐방에 들어갈 캡슐마저 최신형으로 구입하는 패기까지!

이전이었다면 절대 상상하지도 못했을 과소비다. 하지만 지금은 다르다. 이제 그는 더 이상 집에서 쫓겨난 철부지 거지가 아니니까!

사실상 하루 20시간 이상을 게임만 하는 프로 게이머로서 조금이라도 더 좋은 캡슐에 투자하는 건 아주 자연스러운 일!

"후아."

명당이 느껴지는 곳으로 향하도록 마차를 보내놓고 며칠간 집 인테리어나 청소에 시간을 보내던 한시민이 기지개를 켰다.

다했다.

게임만큼 집에 열심히 신경 썼더니 온몸 쑤시지 않는 곳이 없었지만 집이 완성된 걸 보니 뿌듯하기 그지없다. 비록 하루에 한 번 쓸까 말까 한 제품들까지 모두 좋은 걸로 구입했지만.

'사람은 좋게 살아야 돈도 많이 버는 법!'

쓸데없는 사상을 가진 한시민은 아까워하지 않았다.

"가전제품은…… 음."

그리고 남은 건 백색 제품들!

역시 좋은 것들로 돈 아끼지 않고 살 생각이었지만 굳이 할

인받을 수 있는데 제 돈 내고 사는 건 여전히 아까웠다.

해서 전화했다.

"야, 예슬아. 집들이할 건데 올래?"

—엥? 벌써 이사했어?

"이사야 뭐, 필요한 건 다 새로 샀지."

—와! 대박. 언니, 언니. 시민 오빠 이사했대. 우리는 자기 영지에서 개고생시키면서!"

"웬 개고생?"

—됐고! 언제 할 건데? 가서 말해줄게.

"오늘 할 생각이었는데. 어때? 설아 씨랑 현수 형님도 시간 되나?"

—우리야 뭐 하루 종일 게임만 하는 폐인인데. 알았어! 갈게!

"그래."

—푸짐하게 차려놔야 해!

"당연하지. 3일은 안 먹어도 될 만큼 많이 차려놓을게."

원하는 게 있으니 말이야. 잔뜩 먹여야지.

준비해 뒀던 큰 상을 꺼낸 뒤 다시 휴대폰을 들었다.

리치 영지에서 얼떨결에 토끼들과 함께 영지를 지키는 강제 퀘스트에 휘말린 스페셜리스트는 또 한 번의 전투를 치른 채 한시민의 집으로 향했다.

"와, 좋은 집 샀네."

"우리가 사준 거지."

"오빠, 그런 말 좀 하지 마. 속 쓰리니까."

위치도 좋고 새로 지은 아파트라 들어가 살기도 편할 것이다. 다들 재벌이라 큰 부러움을 느끼진 않았지만 감회가 새로운 건 어쩔 수 없다. 저 돈이 어디서 나왔는지에 대해선 그들이 누구보다 잘 아니까.

"우씨, 맛있는 거 많이 안 차려났기만 해봐."

"집들이 선물은 이 정도면 되겠지?"

"……설아야, 이 정도면 그놈 수준에선 충분하다 못해 흘러 넘쳐."

"그래도 시민 씨한테 신세 많이 졌는데 이 정도는 해야지."

올라가는 엘리베이터와 뒤를 따르는 수많은 사람. 이제는 가족보다 더 자주 얼굴을 보는 사이가 된 한시민에게 주는 집들이 선물!

딩동―

초인종을 누르자 문이 열렸다.

게임과 머리카락 색만 다른 한시민의 얼굴이 보였고 동시에 표정이 환해졌다. 반가움의 표시! 그들과 함께하며 이제껏 이토록 반가운 표정을 보였던 적은 몇 번 없다. 그리고 스페셜리스트는 그때가 언제인지 이제는 잘 알고 있고.

노골적인 기쁨에 강예슬이 투덜댔다.

"오빠, 손님보다 선물을 반가워하는 건 너무한 거 아냐?"

"응? 내가 언제? 난 설아 씨 반가워한 건데."

"……거짓말. 내 왼쪽에 있는 언니를 오른쪽을 보면서 반가워한다고?"

"설아 씨가 사온 짐들이 선물도 물론 반가워서."

뻔뻔함으로 대응하는 한시민!

굳건히 닫혀 있던 문이 활짝 열렸다.

"이거 완전 돈만 가져오면 대문 활짝 열어줄 남자 아냐?"

"당연하지. 언제든 환영이다, 예슬아."

"쳇."

무슨 말을 해도 뒤에 잔뜩 선물을 지고 있는 사람들을 본 한시민의 표정을 구길 수 없었다.

"헐, 뭐야. 뭐 이런 걸 다 사오셨어요!"

"대부분 예슬이가 산 거예요."

"진짜요? 예슬아, 이 오라비가 필요하면 언제든 불러. 오늘만큼은 내 한 몸 불사를 각오가 되어 있다."

냉장고, TV, 김치 냉장고!

온갖 가전제품이 밀려들어 온다. 에어컨이야 천장에 달려 있기에 필요 없다 치고.

한시민 입장에서도 상상치도 못한 선물!

"와……."

일부러 안 산 건 다분히 강예슬을 염두에 둔 건 맞지만 날로 이렇게 받아 처먹을 생각은 아니었다. 기껏해야 사러 갈 때 할인 좀 받게 도와달라 부른 것뿐인데.

"이거 너무 고마운데?"

진심이었다.

한시민은 돈을 좋아하지만 은혜는 꼭 갚는다. 어려서부터 그렇게 배웠고 그게 당연하다 믿고 있다.

"어서 앉으세요. 한 상 차려놨으니 배 터지게 드셔도 됩니다!"

해서 선뜻 자리로 안내했다. 오후부터 열심히 준비한 음식들을 대접하리라.

"살면서 이런 음식들 안 먹어봤죠? 제가 그럴 줄 알고 특별히 선별해 모았습니다."

"……."

정성을 마주한 셋의 말이 없어졌다.

감동!

"김밥, 떡볶이, 순대, 치킨, 피자, 족발, 보쌈. 와! 대박이다!"

은 개뿔.

강예슬이 영혼 없는 리액션을 터뜨렸다. 동시에 피식 웃음이 나왔다. 과연 한시민답다랄까.

"잘 먹겠습니다."

어쨌든 전이나 부침 같은 게 아닌 게 어디냐! 확실히 이런 음식들은 요즘 게임 하느라 잘 먹지도 못했고.

젓가락을 집은 셋이 음식을 흡입하기 시작했다.

"역시, 다들 이런 거 좋아할 줄 알았어요."

"오빠, 오해하지 마. 요즘 게임 하느라 굶어서 그런 거니까. 아오, 씨. 생각하니까 또 빡치네. 하필 왜 거기가 오빠네 영지냐고."

"엥? 우리 영지?"

"리치 영지 말이야."

음식이 들어가기 시작한 뒤 나오는 이야기들. 역시 하루 종일 게임만 하는 사람들답게 집들이에서도 게임 이야기였다.

불만인 사람도 없고 오히려 공통된 주제!

피자와 치킨을 잔뜩 입에 구겨 넣던 한시민이 의아한 표정을 지었다.

"거기는 왜 갔는데?"

"……"

그러게 말이다.

이야기하자면 눈물이 앞을 가린다. 단 한 문장으로 요약이

가능한 게 더 슬프다.

"메인 퀘스트 때문에요. 시민 씨 영지 북쪽으로 악의 근원으로 추정되는 장소가 있어요. 현재 레벨로는 접근이 불가능할 것 같고 대신 영지 근처에 메인 퀘스트 레이드 몬스터가 있을 것으로 추정돼요."

"아!"

매일같이 종만 울리면 쏜살같이 달려 나가 듣보잡 유저들에게 쇠약 걸고 탈진 거느라 숨 쉴 틈이 없는 강예슬을 대신해 정설아가 설명했다.

"아무래도 영지민들이 정보를 좀 갖고 있지 않을까 해서 겸사겸사 토끼들이랑 영지 침략을 막고 있어요."

"어우, 질긴 놈들. 내가 있을 땐 가만히 있더니 이제 와서 덤벼들다니."

물론 한시민은 큰 동요가 없었다. 토끼들을 믿었으니까. 게다가 몰려오는 놈들이라 봤자 하나같이 오합지졸이 아닌가!

"숫자만 많지 별거 아니지 않아요?"

"그 숫자가 문제지."

"네?"

"평균 500에서 600은 오는 거 같다."

"헐."

정현수의 증언에 들고 있던 피자가 밑으로 추락한다.

"진짜요? 그렇게 많아요?"

"오죽하면 토끼도 죽을 뻔한 게 한두 번이 아니야. 아마 예슬이가 없었으면 지금쯤 몇 마리는 죽었을걸?"

"오!"

이럴 수가. 이건 미처 예상하지 못했던 부분인걸?

동시에 강예슬에게 손이 절로 뻗어진다.

"잘했어, 꼬맹아. 앞으로도 더 고생하렴."

"아! 기름 묻잖아!"

하루에 500명이라니. 확실히 지칠 만도 하겠다. 한 번에 쓸어버릴 수 있는 광역기가 있는 것도 아니고 일일이 몰려오는 놈들을 찔러 죽여야 하니까.

그들 대부분을 토끼가 잡는다 해도 기껏해야 토끼는 100마리다. 게다가 작업장 유저들은 정면에서 토끼들과 싸우지 않았다. 그들의 목적은 영지 파괴. 그러니 좀 더 골치가 아플 수밖에.

"짱깨 놈들이 미쳤구만, 미쳤어."

혀를 차며 어떻게 해야 할지 고민했다. 당연히 지금으로선 현재 상황을 유지하는 수밖에 없다. 한시민은 알을 강화하러 떠난 상태고 메인 퀘스트란 명목하에 스페셜리스트가 영지를 지키는 중이라니까.

대신 계산을 좀 해봤다.

"하루에 500명이면…… 작업장 놈들이니 1골드씩만 떨궈도……."

"그 와중에 돈 계산이라니."

재주는 토끼들이 부리고 돈은 한시민이 챙긴다!

그의 앞에 있던 음식들을 슬며시 셋에게 민다.

"많이들 드세요. 그래야 힘내죠. 제가 빨리 갔다 와서 우리 영지민들한테 뭐 아는 거 있으면 다 불라고 할게요."

"……."

이거 집들이 맞지?

어찌 됐든 산처럼 쌓인 음식은 빠르게 사라졌다.

의외로 많이 먹는 두 여자와 덩치의 정현수! 그리고 먹지 못해 죽은 귀신이 쓰인 한시민까지.

게임 이외의 이야기도 가끔 나오며 화기애애하게 자리를 마쳤다.

2

"으어어어."

마차에서 내린 한시민이 죽는소리를 냈다.

"……."

온몸이 찌뿌듯한 건 둘째 치고 눈앞에 펼쳐진 어두침침한 숲은 한숨을 절로 자아낸다.

어떻게 해야 하나.

언제나 막다른 길은 선택을 강요한다.

갈 것이냐, 말 것이냐.

"왜 길이 없어."

물었지만 대답은 돌아오지 않았다.

사실 길이 여기까지 나 있는 게 의아한 상황이다. 여긴 대륙의 북부 끝에 가까운 지역. 사람이 살지도 않고 오히려 100레벨이 넘는 몬스터가 득실거리는 장소니까.

"불안한데⋯⋯."

돌아가고 싶은 마음이 굴뚝같다. 길은 막혔고 벌써 며칠을 북쪽으로 쭉 달려왔으니 만나는 몬스터의 레벨도 엄청 높을 것이다. 제국의 기사라도 여기선 불안함을 느낄 수밖에 없으리라. 하나 어쩌겠는가.

'이 알은 뭐기에 이딴 곳에 명당이 있는 거야.'

14강까지 성공한 알을 15강 하지 않으면 찝찝해서 버티질 못하겠는데.

이쯤 되면 대체 얼마나 대단한 게 들어 있는지 꼭 확인하고 싶은 오기가 생길 정도. 황제의 개인 창고 속, 비밀 창고에 있던 게 아닌가! 그것도 가장 중요한 물건처럼 소중히 보관되어 있었다.

'언젠가 거기 것들도 다 털어야 하는데.'

침을 삼키며 조심스레 걸음을 내디딘다.

가 보자. 기껏해야 죽기밖에 더하겠냐.

게다가 한시민에겐 토끼의 장비와 무기를 15강 하며 얻은 스탯 포인트가 있었다.


**[캐릭터 정보]**

* 이름: 시민

* 직위: 제국의 남작

* 직업: 전설의 레전드 강화사(3차 각성)

* 보조 직업: 전설의 레전드 테이머

* 칭호: 12개

* 레벨: 30(필요 경험치+550%)

* 스탯(370): 힘(159+55) 민첩(151+110) 체력(62+55) 행운(233+55) 마력(40+55)

* 스킬: 강화(F), 절대 강화(SS), 레전더리 힐(S), 신의 가호(SS)

* 보조 옵션

  1. 강화 성공 시 특수 옵션 추가 확률 +33%

  2. 강화 성공 시 일정 확률로 강화 효과 상승 +35%

  3. 강화 성공 확률 +15%

  4. 레전더리 등급 아이템 효과 +10%

5. 강화 성공 시 진화 확률 +5%

6. 강화로 인한 최종 옵션 상승률 증가 +10%

비록 반복해 만들다 보니 가면 갈수록 얻는 스탯의 양은 줄어들었지만 결코 적은 게 아니다.

게다가 그를 대신해 칭호까지 받은 상황!

**[전설을 찍어내는 강화사!]**

  * 등급: Legendary

  * 내용: 하나를 만들기도 힘든 신화 등급 아이템을 찍어내듯 만들어낸 그대에게 주는 보상! 더 이상 강화는 행운이 아니다.

  * 혜택 1: 강화로 인한 최종 옵션 상승률 증가 +10%

같은 이름의 아이템들로만 15강을 해서인지, 아니면 조건 자체가 다른 것인지는 모르겠지만 직업의 4차 각성은 하지 못했다. 아쉽긴 했지만, 강화로 먹고사는 한시민에게 굉장히 좋은 옵션의 칭호가 생겼기에 일단은 만족할 수 있었다.

"스탯 찍고⋯⋯."

여전히 30레벨이라는 사실만 뺀다면야 흠잡을 데 없는 스탯!

어딘지 모르는 음침한 숲으로 한시민이 입장했다.

한시민이 스탯을 찍는 방식은 간단하다.

힘, 민첩, 체력 중 대충 원하는 걸 골고루 올린다!

스탯 하나까지 일일이 계산해 가며 효율 따지는 수많은 유저가 들으면 뒷목 잡고 쓰러질 말이지만 한시민에겐 스탯이 그리 중요한 문제는 아니었으니까.

강화만 해도 생기고 딱히 중요하게 여겨야 할 주 스탯도 없다. 굳이 따지자면 행운 정도일 텐데 애초에 강화 자체를 행운으로 하는 강화사가 아니니 해당 사항도 없고. 해서 평소엔 부족한 컨트롤을 메워줄 힘과 민첩 위주로 찍었고 오늘은 조금 부족한 체력 위주로 찍었다.

"체력이 100을 겨우 넘네……."

딱히 오래 싸우거나 뛸 일이 없어 높아 봐야 소용없는 스탯이지만 체력이 높으면 전투 지속력이나 체력 회복, 그리고 상처가 빠르게 치유되기에 결코 무시해서는 안 된다.

특히 요즘 아이템과 스탯을 앞세워 다수와 싸워 이기는 그림을 좋아하는 한시민에겐 더더욱 좋은 스탯!

줄어드는 대미지와 대서양 같은 체력! 거기에 더해지는 빠른 체력 회복력이라면 무한히 싸울 수 있을 것이다.

이론상의 계획일 뿐이지만.

"스탯은 됐고."

어쨌든 370개의 스탯 포인트 중 150개를 체력에 찍고 나머지는 공평하게 힘과 민첩에 반반 투자한 한시민이 긴장하며 앞으로 나아갔다.

힘, 민첩, 체력 스탯만 합치면 단순 계산으로 160레벨이 넘어가는 유저의 스탯과 동일하지만 판타스틱 월드는 단순히 숫자 싸움으로 승패가 결정 나는 게 아니기에 당연한 행동!

그렇기에 밸런스가 중요하고 기본적으로 몬스터들은 인간과 다른 신체 구조에서 나오는 이점 때문에 사냥이 힘들다 평가받는 것이다.

"망치도 빨리 15강 하고 싶다."

다행히 시작부터 몬스터들이 떼로 몰려오는 일은 없었기에 무난히 전진할 수 있었다.

음침한 숲! 너머엔 무엇이 있을까. 대체 뭐가 있기에 황궁에서도 14강까지밖에 못한 알을 15강 할 명당이 있단 말인가.

'……불안하단 말이지.'

평소엔 나름 운이 좋다고 생각해 왔다. 하지만 언제나 꼭 필요할 때엔 불운이 닥쳐 왔던 것을 생각해 보면 어쩌면 그리 운이 좋은 건 아닐지도 모른다는 걸 깨달은 상황.

그뿐이랴. 항상 15강 명당엔 곤란하게 하는 무언가가 존재해 왔다. 아주 빌어먹을 던전부터 시작해 한 왕국의 왕, 심지어 제국의 황제까지.

이미 저주에 걸린 공주와의 인연까지 쌓은 마당에 뭐가 두렵겠느냐만 이런 어두침침한 숲, 그리고 대륙 북쪽에 존재한다는 미지의 땅을 생각하면 왠지 모르게 불안한 생각이 절로 들 수밖에 없다.

'설마 미친, 거길 들어가란 말은 아니겠지?'

에이, 설마. 양심이 있다면 메인 퀘스트 2막에선 감히 접근조차 하지도 못하는 장소에 밀어 넣겠어?

"……."

전혀 불가능한 일은 아니라 확신할 수가 없다. 베타고가 유저들을 배려해 준 적이 있던 것도 아니고.

만약 그런 일이 벌어진다면 입맛은 좀 다시겠지만 그리 아쉽지만도 않을 것 같았다. 그만큼 알의 존재가 생각보다 대단하다는 뜻으로 해석이 가능할 테니까.

고민은 길게 가지 못했다.

"크와아아왕!"

침침한 숲에 사는 거주민들이 손님을 마중 나왔기에.

거대한 호랑이였다.

고작 한 마리!

하지만 한시민은 결코 여유를 가질 수 없었다.

"으왁! 시바! 뭐 이렇게 빨라!"

민첩이 무려 370이 넘는데도 움직임을 쫓기 힘들 정도로 빠르다.

그만큼 레벨이 높다는 뜻이겠지. 동시에 이 숲은 호랑이처럼 생긴 놈의 주 무대고.

"크왕!"

쾅!

거기다 게임이라는 특수한 점은 덩치가 아주 큰 주제에 날래기까지 할 뿐 아니라 발톱의 날카로움까지 제공했다.

소리 없이 날아오는 앞발.

마주치는 망치!

느껴지는 충격.

인상이 절로 찌푸려진다. 한시민이 컨트롤이 부족한 건 정설아와 비교했을 때뿐이지, 일반 유저들과 비교하면 평균 이상이고 게임에 대한 이해도와 경험은 그보다 훨씬 높다고 볼 수 있다.

그런 그이기에 느꼈다. 승패 따위는 짐작할 수 없지만 적어도 이런 미친 사냥터에서 정신 놓고 돌아다니다간 분명히 죽고 무언가를 떨어뜨리고 말 거라고.

'정신 차리자, 시민아.'

굳이 싸우고 싶진 않지만 눈앞의 호랑이는 자신이 찍은 먹이를 결코 놓아줄 생각 따윈 없어 보인다. 항복을 외친다고 고개를 끄덕일 것 같지도 않고.

결국 이겨야 한다. 이기면 된다.

독한 마음은 남은 한 손을 허리에 가져가게 만든다.

단검!

망치로 막고 있는 손에 힘을 줘 밀면서 시선을 끔과 동시에 단검을 찔러 넣는다.

푹!

"크워어어!"

공격력은 호랑이의 가죽을 뚫기에 부족할지도 모른다. 하지만 15강 단검은 그 이상의 무언가를 가지고 있다.

['타오르는 상처' 효과를 적중시킵니다. 1중첩!]

초마다 지속되는 고정 대미지!

역시 효과가 무기 공격력에 비례하기에 원하는 만큼 큰 타격이 들어가지 않았다. 하지만 티끌 모아 태산이라고, 효과를 쌓고 쌓다 보면 상대방 입장에선 전혀 무시할 수 없는 대미지가 지속적으로 들어오게 마련이다.

['타오르는 상처' 효과를 적중시킵니다. 2중첩!]

['타오르는 상처' 효과를 적중시킵니다. 3중첩!]

['타오르는 상처' 효과를 적중시킵니다. 4중첩!]

.......

거기다 이것의 무서운 점은 처음엔 신경 쓰이지 않을 정도로 효과가 미비하다는 점이다. 당장 휘두르는 발톱과 마주하는 망치에 의해 들어오는 피해가 더 클 정도!

그러는 사이에 가죽을 뚫지도 못하는 단검의 공격 따위를 어떤 포식자가 겁을 내며 두려워하겠는가. 그런 종류의 공격에 호되게 당한 적이 있다면 몰라도, 눈앞의 호랑이는 단검이 쌓는 중첩 효과를 두려워하지 않았다.

쾅! 쾅!

"됐다."

덕분에 10중첩이 되었고 한시민은 수비 태세를 풀었다.

전설의 망치만으로도 어떻게든 이길 각을 찾을 수는 있겠지만 보다 쉽게 이길 수 있는 방법을 두고 왜 어렵게 가겠나! 그런 자존심 따위 조금도 가지고 있지 않다.

보다 얍삽하고, 보다 쉽게.

이게 한시민의 사냥 모토고, 지금도 그를 위해 망치를 휘두르며 계속 단검을 찔러 넣었다.

야금야금 깎이는 체력.

서로 비슷한 수준의 스탯이기에 망치로는 호랑이를 제대로 적중하기 힘들었지만, 단검으로 넣는 고정 대미지는 호랑이의 심기를 건드릴 수준까지 쌓였다.

"크와아앙!"

"왜? 이제 좀 아프냐?"

그제야 중첩 효과의 무서움을 알아차린 호랑이가 크게 포효했지만 상황을 되돌리기엔 이미 늦었다.

한 번 찌를 때마다 10중첩 된 표식이 6초간 체력을 깎아먹는다.

버그인지 원래 메커니즘 자체가 그런 것인지 단검을 찌를 때마다 해당 효과가 초기화되어 6초가 가는 게 아니라, 원래 효과는 그대로 소모되고 또 6초의 지속 대미지가 연소되는 형식이라 사실상 단검 그 자체가 망치보다 훨씬 많은 딜을 넣은 셈!

애초에 이런 사실을 알고서 단검 공격을 막는다면 대미지를 넣기 힘드니 마냥 좋은 것만은 아니다.

하지만 어쨌든 호랑이는 혼란에 빠졌고 한시민은 사악한 미소를 지었다.

양손에 하나씩.

"뭘 막을래?"

호랑이 주제에 제법 날래고 공격도 날카로웠지만 그래 봐야 호랑이다.

두 발로 서서 막을 게 아니라면 양쪽에서 날아오는 공격 중 하나는 포기해야 한다.

"……크와앙!"

오늘만큼은 이족 보행을 하고픈 호랑이가 울부짖었다.

"크하하하하!"

그리고 사악한 사냥꾼은 오늘도 호탕한 웃음을 지으며 자신의 사악함을 온 천하에 알렸다.

물론, 그런 그의 웃음은 음침한 숲에선 절대 해서는 안 될 오만이었다.

사냥감의 오만!

"크르르릉."

"크르르."

"……."

빌어먹을.

쓰러지는 호랑이의 가죽 위에 누워 승리를 만끽하던 한시민의 입가가 굳었다.

이거, 좆 된 거 맞지?

고개를 돌려 직접 확인할 용기는 없었지만 얼핏 들어도 세 개 이상의 다른 호랑이의 울음소리였다. 공포 그 자체.

한 마리도 이렇게 개고생해 가며 잡아냈는데, 세 마리는? 혹여 더 있다면?

"……."

한시민이 호랑이를 상대로 농락했던 만큼 호랑이들도 사방에서 그를 농락하며 갈기갈기 찢어 죽일 수 있으리라.

"하아."

내 인생.

슬그머니 일어났다. 그리고 뛰었다.

4

"으허억."

겨우 살았다.

미친.

욕이 절로 나온다.

진심으로 민첩 위주로 스탯이 형성되지 않았더라면 붙잡혀서 갈기갈기 찢겨 죽었으리라 확신할 수 있을 정도로 위험한 술래잡기였다.

게다가 지리도 잘 몰라 일단 뛰다 보니 별의별 몬스터가 다 합류하고 결국엔 저들끼리 영역 싸움을 하는 덕분에 벌레 같은 목숨을 겨우 부지할 수 있었다.

"휴, 이럴 때만 운이 좋아서 문제라니까."

오늘따라 체력을 찍고 싶더라니.

어쨌든 부활의 목걸이를 뺄 각오까지 하고 도망친 한시민은 겨우 살아남을 수 있었다.

아주 사소한 문제가 몇 개 있긴 하지만, 뭐.

"안 죽은 게 어디야."

그는 아주 유쾌한 사람이다. 숨 가쁘게 뛰던 불과 몇 분 전의 기억 따위는 깔끔하게 잊고 다시 걷는다. 처음부터 여기가 어디인지 따윈 관심도 없었다. 그냥 명당 내비게이션을 따를 뿐.

"그래도 조금 가까워졌네."

절망을 희망으로! 이제는 선명하게 느껴지는 명당이 지금의 모든 불행한 상황을 지워준다!

물론 발걸음은 한없이 무겁다. 언제 또 몬스터들이 튀어나올지 모르니까.

슬쩍 나무 위로 올라간다. 그리고 가죽 주머니를 연다.

"심심한데 상자나 까고 가야겠다."

정말 심심해서 까는 척!

결코 띠꺼운 몬스터들이 나타나면 어떻게든 조지기 위함이 아닌 척!

살고자 하는 한시민의 욕망은 정신병자라 칭했던 다섯 전설의 남은 세 개의 보물을 까게 만들 정도로 강했다.

스페셜리스트는 그 이후에도 계속 리치 영지에서 몰려오는 중국인들을 막고 있었다.

투덜대면서도 포기하지 않는 이유는 역시 메인 퀘스트!

판타스틱 월드에 퀘스트란 곧 NPC들과의 호감도라는 말이 있다. 정설아는 리치 영지가 그들이 받은 메인 퀘스트를 진행할 핵심 영지라 판단했고 함께 싸우며 영지민들과의 호감도를 계속해서 쌓았다.

사실 그리 어려운 일도 아니었다. 원래 예로부터 외세에 대한 저항은 내부의 결속을 다져 주는 아주 좋은 촉매제가 되곤했으니까.

더욱이 그들은 모험가에 외부인이지만 현재 영지를 가장 사랑하고 발전시키기 위해 노력하는 영주의 가장 친한 사람들 아닌가! 호감도가 팍팍 쌓일 수밖에 없었다.

그뿐만이 아니다.

"토끼들아, 가자!"

"뀨우우!"

주인이 내려놓은 명령, 돈 많이 벌고 영지를 잘 지키라는 것 때문인지 스페셜리스트가 시간이 남아 주변 사냥터에 가서 사냥을 할 때면 언제나 토끼들이 함께하곤 했다.

덕분에 영지의 방어뿐 아니라 영지 확장에 도움이 될 주변 사냥터 청소에 크게 기여할 수 있었고, 영지민들이 하나둘 그들에게 마음을 열기 시작했다.

"특별한 일이요? 글쎄요. 워낙 저희 영지는 예전부터 몬스터가 많이 공격해서……."

"아마 저희 영지가 이렇게 된 건 몇 년 전부터 왕성하게 활동하기 시작한 몬스터들 때문이라고 들었어요. 제국에서도 쉽게 토벌할 수 없을 정도로 강한 몬스터들이 끼어 있다고 하던데……."

"숲에 들어가 약초를 캐는 약초꾼 빌이 말해준 적이 있는 거 같아요. 숲에는 일반 몬스터와 다른 특별한 기운을 흘리는 몬스터가 있다고……. 그 몬스터 근처엔 항상 독초가 즐비하고 몬스터들이 몰려 있다고 하던데……."

단서가 하나둘 모이고 모이다 보면 길이 열린다. 자유도가 워낙 높은 게임이라 여러 이야기 사이에 숨겨진 단서를 유저가 직접 찾아야 하는 문제가 있긴 하지만.

그러나 스페셜리스트에겐 이런 말이 나오기까지의 호감도 쌓는 게 힘들 뿐, 말 속의 단서는 결코 놓치지 않는 예리함이 있다. 메인 퀘스트 1막에서도 그런 식으로 최후의 승자가 됐었고.

"범위가 너무 넓어. 좀 더 핵심 NPC에게 접근이 필요해."

"……언니, 이제 2~3일이면 켄지 그 자식 50 찍을 거 같아."

"괜찮아. 그래 봐야 우리가 더 빨라."

중간 네임드 몬스터로 곧장 향할 수 있는 단서를 얻을지 모른다는 가능성이 점점 커지는 상황. 추격하는 놈 따위를 신경 쓸 겨를이 없다.

"사냥하자. 일단 레벨을 올려야 해."

지금은 주인 없는 토끼들이 그들을 도왔다.

5

한시민의 개인 채널은 판타스틱 월드에서 꽤 유명하다. 초기, 큰 화제를 모았고 동시에 수만 명의 시청자를 두고 유료로 바꿔 버린 간 큰 짓을 했기에.

물론 그게 전부였으면 그냥 재수 없는 놈이라 생각되고 말았을 것이다. 사람들은 언제나 새로운 관심과 흥미를 찾고 지나간 일은 대개 잊곤 하니까.

하지만 한시민이 지속적으로 유저들의 입에 오르내리고 가끔 방송이 언제 켜지나 들락거리는 이유는 하나!

−아, 그때 방송 재미있었는데.

−보상 상자를 15강 하는 것도 웃긴데 거기서 나온 아이템이 더 대박이었지. 웬 이상한 반지 하나였잖아.

−그때 같이 있던 유저들 지금 레벨 랭킹 1, 2, 3위인 거 아는 사람?

−요즘 그 사람들한테 경험치 버프 아티팩트 있다는 소문이 돌던데, 혹시 그거 아님?

−에이, 설마. 그럴 거면 당장 가진 사람부터 랭킹 1등을 찍겠지 누구 좋으라고 나눠 쓰냐? 거기다 그 셋은 레벨도 거의 동시에 오르던데.

−혹시 모르잖슴. 뭐 주변의 유저들까지 경험치를 챙겨준다거나.

−너라면 그런 기능이 있으면 남한테 써주겠냐.

−랭킹 1등이면 당장 스폰에 이것저것 챙겨 먹는 것만 해도 월 수천일 텐데 나라면 그냥 내가 처먹음.

대리 만족, 흥미.

유저들에게 가장 중요한 요소를 충족시켜 줄 수 있는 가능성을 본 방송이기 때문이다.

실제로 그때 방송을 보고 강화에 대한 인식이 조금씩 깨이기 시작했고, 고강화는 아니지만 무기를 강화해 다니는 사람들이 조금씩 늘었다. 물론 돈 있는 사람 한정이지만.

어쨌든 '그 돈으로 차라리 다른 아이템을 맞추자'는 생각이 '강화하는 게 좀 더 효율적일 수도 있겠다'는, 인식의 변화만으로 강화로 먹고사는 한시민에겐 아주 긍정적인 이야기!

−벌써 두 달째네. 이 사람 뒤진 거 아님?

−설마, 판월 게시판엔 꾸준히 글 올리던데?

−이 유저 아이템 봄? 스샷들 다 모아서 정리해 놓은 글 있는데 한번 보셈. 억 소리 남. 단검부터 방어구까지 죄다 15강에 심지어 장신구들까지 15강이던데.

−이 정도면 거의 버그 유저 아니냐.

−버그는 개뿔. 부럽긴 하지만 판타스틱 월드에 버그가 어디 있냐. 오죽하면 베타고가 자기가 잡지 못하는 버그는 사용해도 좋다는 말까지 할 정도인데.

−하긴.

플레이하는 유저가 2천만에 다다랐고 그 외에 판타스틱 월드에 관한 방송이나 커뮤니티 이용자 수만 두 배가 넘는다. 그중 한시민을 그리워하고 그의 콘텐츠를 또 한 번 기대하는 이들이 있는 건 그리 이상하지 않은 이야기.

그런 그들에게 희소식이 날아왔다.

[방송이 시작되었습니다.]

　－어?
　－뭐임? 방송 켠 거?
　－헐, 대박.

　방송 시작 알림과 함께 활성화되는 개인 채널. 당연히 이번에도 입장료가 설정되어 있었다.
　오랜만에 켜는 주제에, 무료로 설정해도 천 명이 될까 말까 한 개인 방송 시대에 유료라니!

　－와, 입장료 만 원? 이거 완전 또라이 아님?
　－ㅋㅋㅋㅋㅋㅋㅋ저번에도 그랬음. 첫 방송 때 수만 명 보는데 입장료 받겠다고 다 버림.
　－근데 돈값은 했지. 적어도 난 천 원 낸 거 조금도 아깝지 않았음. 이번에도 봐야지.
　－게다가 이 사람 영상 업로드도 안 함.

　비싸다는 욕들이 올라왔지만 한시민을 기다리던 사람 대부분은 그런 그의 매력에 반해 대기하던 것이었다.
　그깟 만 원 정도야 대리 만족을 느낄 수만 있다면 얼마든지

지불할 의향이 있는 구매층이기도 했고. 대부분의 판타스틱 월드를 플레이하는 유저들이 그러하듯.

고작 수백 명이지만 그들이 만 원이라는 돈을 기꺼이 결제해 방송 화면에 걸린 자물쇠를 풀었다.

오늘은 또 무슨 방송일까?

궁금하다. 동시에 기대된다. 이 사람의 방송, 그리고 갖추고 있는 장비들. 어쩌면 훗날 판타스틱 월드에서 엄청나게 유명해질 사람의 방송을 그들이 가장 먼저 발견해 챙겨 보고 있는 게 아닐까 하고.

그런 그들의 기대를 잔뜩 품은 주인공이 등장했다.

한시민.

그의 손엔 세 개의 상자가 들려 있었다.


─이번에도 상자 까기임?

─저번 거랑 조금 다른 거 같은데?

─다르겠지. 그땐 메인 퀘스트 깨고 받은 상자였잖아.

─그럼 저번 게 더 좋은 거였단 말이네?

─모르지. 단순 계산으론 저번 게 천 원이었고 이번 게 만 원이니 10배 정도 좋을 수도.

─그건 무슨 개소리임. 저번에 강화해서 열었던 건 레전더리 등급이었는데 어떻게 10배 더 좋을 수가 있음.

이번에도 역시 시청자들의 혼란을 불러일으키는 판도라의
상자!

빨라지는 채팅창과 함께 기대 역시 솟구쳤다.

－뭐임? 말 좀 해주셈.

－채팅창 안 읽냐.

－님, 제발 여기 좀 보셈.

－포기하세요. 저 사람 채팅창 같은 거 안 읽음.

소통되지 않는 점은 여전했다.

그렇게 혼란스러운 분위기 속, 가만히 나무 위에 앉아 상자
세 개를 골똘히 바라보고 있는 것만으로 시청자가 느는 마술
이 벌어졌다.

－님들, 여기 뭔데 입장료 만 원에 시청자가 이렇게 많음?

－ㅎㅇ 나만 죽을 순 없지. 판월 커뮤니티에 글 올리고 왔음.

－후회하진 않을 거임. 두 번째 보는데 실망시키는 사람은
아님.

무료로 치면 턱도 없는 시청자 수이지만 유료로 따지면, 입
장료를 생각해 보면 과하기 그지없는 시청자 수는 한시민에

대해 모르던 사람들의 흥미까지 자아내게 했다.

이를테면 궁금증을 자극한 것이다.

이 방송은 뭔데 만 원씩이나 내고 볼까? 혹시 엄청나게 재미있는 게 있진 않을까? 나는 모르는 VIP 방송인가?

괜히 기업들이 고가 전략을 쓰는 게 아니다.

수많은 사람 중 그런 생각을 하는 극소수의 인원만으로도 벌써 시청자 수가 천 명을 돌파했다.

방송 제목마저 어그로를 끌기 충분했기에 가능한 일!


-레전더리 등급 상자 3개 까기 방송? 이런 거에 속아서 만 원씩 내고 보는 사람도 있어요?

-님이요.

-ㅋㅋㅋ님은 왜 들어옴?

-그러네. 슈바. 낚시 쩌네. 아무리 봐도 레전더리는커녕 어디 길 가다 주운 상자 같은데.


어쨌든 시청자는 충분히 쌓였고 가만히 멍 때리던 한시민은 셋 중 하나의 상자를 집어 올렸다.

긴장되는 순간.

품에서 꺼내진 진홍빛 열쇠가 상자의 문을 연다.

딸깍. 끼이익-

열리는 상자. 그리고 모습을 드러내는 한 개의 책자와 양피지.

"이런 시바."

발견하자마자 방송을 통해 울려 퍼지는 한시민의 경쾌한 욕설이 찌푸린 인상과 함께 현재 심정을 대변했다.

"왜 하필……."

아니, 많고 많은 보물이 있을 텐데 빌어먹을 영감탱이들은 전부 이런 재수 없는 것들을 보물이랍시고 상자에 넣어두는 거지?

아무리 생각해도 자기 제자들을 믿지 못하는 게 분명하다.

그래, 맞아. 믿지 못하니까 이런 짓을 했겠지. 제자 구하기는 귀찮고 다른 전설들은 엿 먹으라고 본인 상자를 열면 전직하게 만들어 놓은 영감탱이부터가 문제였어. 그 상자를 선택 안 했으면 평생 그 직업은 상자 안에서 썩었을지도 모르잖아?

"……."

차라리 그게 나을 뻔했네. 필요 경험치 200%의 지옥은 겪어본 사람만이 아는 거니까.

기껏해야 토끼 100마리 몰고 다니는 능력 따위.

"에휴."

그런 상황에서 또 한 번 책자라니. 이건 뭐 그냥 노골적이다 못해 열지 말라고 광고하는 거나 다름없다.

물론 상자를 마련할 때 다섯 노인네는 이 중 하나만 열리게 될 거라 예상하고 폭탄들을 준비해 뒀겠지 설마 보물을 앞에 두고 한숨을 쉬는 놈이 있을 거라는 예상 따위 조금도 하지 못했을 것이다.

"이걸 보면 레전더리 직업 하나 더 생기는 건가?"

그럼 550%였던 페널티는 750%가 되고 그땐 정말 평생 만렙은커녕 100레벨도 찍지 못해 허둥거리는 초보자가 되겠지.

"……."

또 한 번의 패닉에 빠져 있던 그에게 불현듯 무언가 생각이 스쳐 지나갔다.

'아니, 잠깐.'

내가 너무 비관적으로 생각하는 건 아닐까? 아무리 그래도 명색이 레전더리 직업인데. 생각이 있다면, 테이머와 같은 또라이만 아니라면 그런 짓을 할 리가 없지 않나? 그래도 자기 제자가 열 확률이 20%인 상자인데 말이지.

게다가 어찌어찌 운이 좋아 한시민의 보조 직업이 비어 있었기에 테이머 직업까지 받을 수 있었던 것뿐이지 원래라면 기존의 직업을 버리고 해당 직업을 선택할 것인지에 대한 메시지가 뜨는 게 정상 아닌가?

"그럼……."

그렇게 생각하니 살짝 부끄러워졌다.

김칫국을 들이켰구나. 그리고 만약 그게 사실이라 해도 이 번엔 얼토당토않게 날벼락을 맞을 일은 없겠구나.

'진짜 좋은 레전더리 직업 하나쯤은 있지 않을까?'

그럼 당장 강화사 따위 버리고 바로 그 직업을 선택할 의향 이 가득했다. 그에게 주어진 직업 보조 옵션들이 버리기 아까 운 건 맞다. 하지만 그것이 아니더라도 한시민은 충분히 개인 의 능력으로 돈 벌 준비가 되어 있었다. 직업으로 대륙을 호 령할 수 있는 전투 계열이 주어진다면 아이템발뿐만 아니라 스킬발까지 앞세우며 그야말로 돈을 갈고리째 쓸어 담을 수 있을 테니까.

해서 일단 양피지를 펴봤다.

이 책이 뭔지는 여기에 적혀 있겠지.


연 자는 보아라.

이 글을 읽고 있는 그대는 우리 다섯 중 누군가의 제자겠지. 나 전설의 대마도사의 제자라면 좋겠지만 아니라면 그 또한 괜찮다.

내가 준비한 보물은 내 일평생 깨달음을 담은 마법 책자다. 마 법이란 인간에게 주어진 제약된 기술을 뛰어넘어 마법의 종족인 드래곤의 마법에 고개를 들이밀 수 있는 비법이 담겨 있지.

그 작은 깨달음으로 난 대륙에 이름을 날렸고 대륙을 침공한 마족들을 물리칠 수 있었다.

연 자여, 부디 깨우치길. 그리고 혹여 다른 자의 제자가 보았다면 꼭 내 제자에게 전달해 주길 바라…….

"뭐야, 쓸모없는 거네."

양피지에 담긴 가장 중요한 마지막 말은 한시민의 시야에 들지 못한 채 사그라졌다.

―……??? 저게 제일 중요한 말 아님?

―내 제자에게 꼭 전달해 주길 바란다는 말을 본 거 같기도 하고 아닌 거 같기도 하고…….

―ㅋㅋㅋㅋ인성 봐라.

―근데 저 양피지 쓴 노인네가 잘못한 듯. 누가 가져다주겠냐. 허언증 좀 심한 마법사 같은데 나라도 내가 먹지.

시청자들의 반응 역시 채팅창을 꺼놓은 상태라 확인하지 못했기에 한시민이 책자를 들어 펼쳐 보았다. 마법사가 아니라 이해되지는 않지만 뭐 이런저런 마법을 적어놓은 마법서 같은 게 아닐까 싶었다.

"이왕이면 9서클 마법이 한 10개 정도 적힌 마법서면 좋을 텐데."

그렇기만 한다면 아주 비싼 값에 팔아먹을 수 있으리라.

지금 당장은 사용할 수 있는 유저가 없겠지만 언제든 마법 사를 꿈꾸는 유저라면 최강의 스킬북이라고 볼 수 있으니.

당연히 마법서에 쓰인 문자는 읽을 수 없었고 차근차근 끝까지 책장을 넘기자 하나의 홀로그램이 떴다.

[무영창(SS)을 습득하시겠습니까?]
[펜타 캐스팅(SS)을 습득하시겠습니까?]

"……?"

두 개의 메시지.

원하던 만큼의 숫자는 아니었지만 한시민의 입을 벌어지게 만들기 충분했다. SS급 스킬인 데다가 이름에서 전해져 오는 스킬에 대한 설명은 마법사가 아닌 한시민조차도 배우고 싶다는 생각이 굴뚝처럼 들 만큼 엄청난 것들이었으니까.

하나 욕심을 떨치고 책을 덮었다. 한시민은 강제로 전직이나 시키는 테이머의 보물보다 백만 배 가치 있다는 건 확신할수 있었다. 왜냐면 팔 수 있으니까!

"이거 팔면……."

축복의 반지에서 놓친 손해를 메울 수 있다. 아니, 어쩌면 그보다 더 많은 금액을 받을 수도 있다.

두 개의 가치를 비교했을 때 축복의 반지는 언제인지 모를 만렙을 달성하는 순간 가치를 상실하지만, 이 스킬북은 만렙을 찍고 난 뒤에야말로 진정한 매력을 마음껏 발산하는 아이템이니까.

"후후, 후하하하하하하하!"

역시! 다섯 모두 정신병자일 리가 없지!

음침한 숲에 울려 퍼지는 웃음소리가 호탕했다. 자신감을 얻은 한시민이 나머지 두 개의 상자에도 손을 뻗었다.

6

당연히 한시민의 방송 시작 알림은 스페셜리스트에게도 전해졌다. 즐겨찾기 해놓고 알림까지 켜두었으니 당연한 말.

때마침 한바탕 침공을 막아내고 영지 내에서 쉬고 있던 셋은 다른 시청자들과 마찬가지로 흥미진진하게 상자 까기를 구경했다. 그리고 첫 번째 상자에서 마법서가 나왔을 때, 동시에 어떤 내용인지 한시민 혼자만 알고 넘어간 순간.

"으아악! 뭐야! 만 원이나 내고 들어왔는데 비밀이야?"

"……."

"하여튼 똥배짱 하나는 알아줘야 돼, 저놈."

채팅창도 난리가 났다.

제발 좀 알려달라고. 뭔데 그렇게 얼빠진 표정이냐고.

하나 소통이 될 리가 없다. 궁금증은 보는 이들의 몫!

다행히 스페셜리스트에겐 앞서가는 특권이 있었다.

"오빠! 시민 오빠!"

─……응?

"뭐야, 장난해? 이렇게 내 돈을 기만해도 되는 거야?"

─뭐가.

"상자에서 나온 거! 그거 뭐야?"

─아아.

화면에서 두 번째 상자를 까려던 한시민이 길드 대화를 듣고 웃었다.

─나만 본 거구나.

"……당연하지. 빨리 말해줘."

─이거? 네가 들으면 엄청 흥분할걸?

"흥, 난 웬만해선 흥분 같은 거 잘 안 해."

─아니, 그 흥분 말고.

잠시 뜸들이던 한시민이 이내 판단이 섰는지 마법서의 정체에 대해 이야기했다.

─이거 SS급 스킬 무영창하고 펜타 캐스팅 담긴 마법서인

데, 어때?

－……!

순간 이어지는 침묵. 강예슬 역시 이름만 듣고 그 스킬들이 어떠한 힘을 가졌는지 예상했으리라. 지켜보고 있는 시청자들도 마찬가지고.

사실 스킬 이름까지 댈 필요도 없었다. 그냥 SS급 스킬 두 개라는 것만 해도 그 가치는 감히 상상할 수 없을 정도! 게임 내 최고 등급 스킬이라는 뜻 아닌가.

－오빠.

진지한 목소리가 들려온다. 다음 나올 말도 예상이 된다.

－얼마야? 얼마면 돼?

평소였으면 대뜸 20억쯤 불렀을 것이다.

"미안. 이건 경매 붙일 거라."

하지만 오늘은 아니다. 스페셜리스트의 특권은 지금껏 준 것만으로도 충분하다. 아니, 앞으로도 많이 줄 예정이고 또 한 시민답지 않게 손해 보면서까지 그들을 도울 생각은 충분하지만 이건 예외다.

－……알겠어. 그래도 내가 무조건 살 거야.

그나마 제정신이었던 다섯 전설 중 하나.

전설의 대마도사. 그가 남긴 초특급 보물.

마법사뿐 아니라 모든 마법 계열 혹은 스킬을 가진 직업이라면 누구에게나 사기적인 마법서다.

제 효율을 뽑으려면 역시 수많은 마법을 가지고 마법을 시전하는 데 영창 시간이 필요한 마법사가 좋겠지만 어쨌든 남녀노소 누구나 가질 수 있다는 장점은 그 가치를 감히 섣불리 판단할 수 없게 만든다.

그렇기에 강예슬도 순순히 물러났다.

갖고 싶지만 떼를 쓸 물건이 아니다. 하나 꼭 가질 것이다.

스페셜 등급의 직업, 그래도 한때 자칭 대마도사였던 1막 마지막 보스의 유지를 물려받은 그녀에게 힐러를 넘어서 완벽한 파티의 딜러 역할까지 도맡게 해줄 마법서니까.

─아빠한테 대출 써서라도 꼭 살 거니까 나 몰래 경매 진행하면 죽어!

"그럴 리가."

피식 웃은 한시민이 상자를 열며 카메라를 응시했다.

"들었죠? SS급 마법 두 개가 담긴 마법서 팝니다. 경매로. 공지는 따로 방송 켜서 할 테니 관심 있으신 분들은 즐겨찾기 해두세요."

건방지기 짝이 없는 멘트까지 날린 그의 손이 두 번째 상자를 열었다.

당장에라도 로그아웃할 준비를 하던 강예슬이 멈칫했다. 왠지 모르게 또 좋은 게 나올 것만 같은 기분이랄까.

그건 다른 시청자들 역시 마찬가지였다. 어느새 자신들이 만 원이나 내고 들어온 호갱들이라는 사실을 잊고 방송을 만족하며 보고 있다. 고작 상자 세 개 까는 방송일 뿐인데.

침이 절로 삼켜진다. 그리고 두 번째 상자가 열리고 내용물이 공개되는 순간 사람들은 고개를 갸웃했다.

뭐지? 저 돌멩이는?

심지어 이번엔 양피지도 없다.

꽝인가?

하지만 당사자는 결코 그렇게 생각하지 않는 듯했다.

툭.

상자가 나무 밑으로 떨어졌다. 물론 돌멩이는 어느새 한시민의 손안에 고이 모셔진 상태.

"와, 씨……."

그의 표정이 감격으로 물들었다. 그러곤 조심스레 돌멩이를 가죽 주머니 안에 넣었다.

이번엔 그게 뭐냐고 물어오는 사람이 없었다.

그저 그런 돌멩이처럼 보였겠지.

게다가 굳이 사람들에게 보여줄 필요가 없는 물건이기에 곧바로 세 번째 상자로 열쇠를 넣었다.

마지막 상자.

무엇이 나오든 상관없다. 이미 두 개에서 생각보다 훨씬 좋은 보물들이 나왔으니까.

'대충 50% 정도인가?'

폭탄 두 개와 보물 두 개.

아주 주관적인 관점이지만 어쨌든 남은 하나가 공개됐다.

그건 왕홀이었다. 아주 순백의.

"……."

잠깐의 고민.

그리고 방송을 껐다.

# 7

갑자기 방송이 꺼졌지만 강예슬은 동요하지 않았다. 더 이상 그녀가 혹할 만한 아이템은 나오지 않았으니까.

"언니, 우리 휴식 시간 맞지?"

"응."

"그럼 좀 나갔다가 올게."

"……돈 구하게?"

"응, 저거 무조건 내 거야. 언니도 침 바르지 마."

그 어느 때보다 열정적인 모습에 정설아의 예쁜 얼굴에 엄마 미소가 걸렸다.

"그래, 사냥 시간까지만 돌아와. 어차피 저거 경매하려면 마을로 돌아와야 하는데 적어도 몇 주는 걸릴 거 같으니까."

"옙."

확실히 마검사인 정설아에게도 끌리는 마법서이긴 하지만 마법 자체만 사용하는 강예슬보다 사용할 곳이 많으리란 생각은 들지 않았다. 게다가 그녀의 스킬 사용은 캐스팅이 필요 없기도 하고.

"그럼 나갔다 올게!"

누구보다 빠르게 로그아웃하는 강예슬!

"저렇게 의욕적이니 괜히 뺏고 싶다."

"그러면 예슬이 진짜 울걸?"

"그러라고 뺏는 거지."

그 뒤에서 사악하고 장난스러운 음모가 오갔다.

한신그룹 본사에 강예슬이 떴다.

본사 내에서 그녀를 모르는 사람은 당연히 없다시피 할 정도! 심지어 갓 입사한 직원들마저 그녀의 명성을 익히 들어 알고 있다.

"와, 예쁘다."

"저분이 회장님의 사랑을 독차지하는 외동딸?"

"모든 걸 다 가졌네……."

"저런 여자랑 데이트하면 기분이 어떨까?"

"꿈 깨라."

한신그룹을 물려받을 유일한 상속녀에 외모까지 갖춘 그녀! 화제가 안 되려고 해도 안 될 수가 없다. 게다가 어디서 뭘 하는지 모습도 잘 보이지 않는 신비주의까지!

실상은 게임 폐인이지만 어쨌든 그녀의 등장은 입구부터 소란스러웠다. 그리고 그건 회장실에 입장했을 때 절정을 찍었다.

"어이구, 우리 귀여운 따님 오셨습니까."

"아빠!"

"하루 종일 게임만 하느라 바쁘실 텐데 명예 회장님께서 여기까진 무슨 일로 행차하셨나이까?"

놀리면서도 늘어진 입꼬리가 내려올 생각을 못 하는 한신그룹 회장! 강예슬의 아빠!

그녀가 품에 안기며 애교를 부렸다.

"아빠 보고 싶어서 왔지. 헤헤."

"그랬어? 어이구. 밥 먹으러 갈까?"

"응, 스테이크!"

"그래그래."

이 정도면 딸바보 수준.

회장이 웃으며 그녀를 내려놓았다.

"그럼 이제 말해봐."

"응?"

"얼마가 필요한지."

"……."

하나 똑똑한 딸바보다.

세계적인 그룹을 이끄는 회장! 그런 그가 게임 하느라 밥도 잘 안 챙겨 먹는 딸의 행차를 그냥 곧이곧대로 받아들일 리가 없다. 게다가 한두 번이 아니지 않은가. 그녀에게 주어진 카드가 있긴 하지만 이렇게 직접 행차할 경우엔 언제나 헉 소리가 날 만큼의 돈을 요구하곤 했다.

"쳇, 역시 아빠는 못 속여."

속내를 들킨 강예슬이 애교를 풀고 의자에 앉았다.

그리고 브리핑을 시작했다.

"아빠, 내가 하는 게임에서 엄청 좋은 스킬북이 나왔는데 그게 경매에 나올 거 같아. 그래서 돈이 좀 필요해……."

하나 아무리 당당하던 그녀라도 말끝은 흐려질 수밖에 없었다. 얼마가 들지 예상할 수조차 없는 아이템이니까.

보통 온라인 게임이었다면 그녀가 갖고 있는 돈으로도 충분히 떡을 치고도 남았을 것이다.

전성기를 맞이했던 게임 중에 게임 내 가장 좋은 아이템이 5억이었는데, 그걸 가지는 것보다 훨씬 부담되는 일!

판타스틱 월드는 이미 세계적이 되었고 돈 많은 유저들이 투자하기를 꺼리지 않는 게임이다. 당연히 생각하는 금액이 클 수밖에 없었고 그걸 아빠에게 달라는 건 미안한 일이다.

"우리 딸, 갖고 싶은 게 비싼가 봐?"

"……응."

듣던 회장이 피식 웃었다. 평생 이런 모습은 처음이다. 언제나 당당하며 누구에게도 꿇리지 않게 키워오지 않았던가. 심지어 그에게도 차를 사달라거나 집을 사달라는 데 한 치의 부끄러움도 없이 뻔뻔하게 내뱉을 때면 황당하면서도 뿌듯하기도 했다.

그래, 자기 밥그릇은 자기가 챙겨 먹어야지. 남에게 피해를 주면 안 되겠지만 그 정도 선은 또 지킬 줄 아는 아이니까.

한데 처음으로 돈을 요구하며 머뭇거린다. 회장조차 순간 쫄았다. 머릿속에 스쳐 지나가는 금액이 그가 생각하기에도 엄청났으니.

"흠, 십행검처럼 사면 우리 딸내미가 게임에서 최고 되는 그런 아이템이야?"

"십행검? 뭔지는 몰라도 내가 마법산데 마법사한테는 최고의 스킬북이야."

"호오."

하나 잠시 고민하던 회장은 미소를 머금었다.

추억이 새록새록 떠오른다. 옛날, 그도 한때는 게임을 즐겼던 때가 있었다.

최고가 되겠단 욕망과 의지!

그를 뒷받침해 주는 아이템은 게임을 플레이하는 유저들에게 있어 가장 중요한 것.

"좋아."

"......?"

해서 결정했다.

"아빠가 사줄게!"

"......진짜? 경매인데도? 엄청 비쌀지도 몰라. 아마 전 세계 마법사 플레이하는 부자들은 전부 돈 때려 박을걸?"

큰 결심했음에도 불안한 눈빛의 딸을 보니 이번엔 딸바보의 자존심이 상처를 입었다.

"어허! 한신그룹 회장을 뭘로 보고!"

"헤헤. 고마워, 아빠."

"경매는 현금으로 진행되는 거니?"

"잘 모르겠어. 근데 아마 그러지 않을까? 게임 머니로는 아마 살 수 있는 사람이 없을걸?"

"알겠다. 이 아비가 총알 단단히 준비해 놓을 테니 경매 날짜 잡히면 말만 해."

"아빠 최고!"

강예슬이 회장의 든든한 등에 매달렸다. 그녀의 입가엔 만족스러운 미소가 가득했다. 정확한 가격에 대한 이야기는 나오지 않았지만 그녀의 아빠는 사주겠다고 한 걸 사주지 않은 적이 단 한 번도 없기에 무한한 신뢰가 갔다.

"아빠, 밥 먹으러 가자! 영화도 보자!"

"그래그래."

원하는 걸 얻은 강예슬은 사냥 따위는 잊고 아빠와의 데이트를 즐기기로 했다.

그 무렵, 세계 곳곳에도 비슷한 상황이 벌어지고 있었다.

"무영창, 펜타 캐스팅?"

"예, 회장님. 1시간 전 한 유저의 방송에서 나왔고 공개적으로 경매를 할 예정이라고 발표했습니다."

"SS급 스킬이 확실한가?"

"네, 이미 커뮤니티에 아이템 정보에 대한 스크린 샷이 올라왔고 스킬 내용은 확인할 수 없지만 사기 같진 않습니다."

"흠, 경매라. 똑똑한 친구구만."

"경매 시작가가 10억이라 올라왔습니다."

"최소 20억은 생각하고 있겠군."

"참여자가 얼마나 되느냐에 따라 달라질 것 같습니다."

"다섯 배 준비하게."

"예, 회장님."

게임에 목숨을 걸진 않지만 명예에 목숨을 거는 부자들은 세상에 널리고 널렸다. 특히 요즘처럼 게임 자체가 또 하나의 세상이라 평가받는 곳에서의 하나뿐인 스킬북!

갖고 있는 것만으로 누군가의 선망의 대상이 되고 수천만 명의 입방아에 오르내릴 수 있다는 점은 SS급 스킬북에 대한 관심을 고조시켰다.

덕분에 다시보기에 올라온 만 원짜리 방송은 조회 수가 만이 넘는 기염을 토했고, 한시민이 판월 커뮤니티에 올린 인증 글엔 수많은 댓글이 달렸다.

그리고 그중 베스트를 차지한 댓글!

-해당 스킬북 주인입니다. 레전더리 등급 전설의 대마도사

직업 보유자이고 스킬북 보유 중이신 작성자분 보시면 연락 부탁드립니다.

세 번째 전설이 등장했다.

베스트 댓글은 당연히 한시민도 확인했다.

"뭐야, 이 븅신은."

그의 반응은 생각보다 덤덤했다. 그럴 수밖에 없다.

원래 개소리도 어느 정도 급이 돼야 화가 나는 법인데 지금 그가 본 개소리는 그냥 지나가는 똥개가 멀리서 짖는 수준이기 때문.

흥미가 생기는 부분이라면 과연 이런 개소리를 적을 때 정말 한시민이 그에게 스킬북을 주지 않을까 하는 희망을 조금이라도 가졌는지에 관한 것!

만날 일 따위는 조금도 없겠지만 혹여 만날 기회가 생긴다면 꼭 물어보리라. 그리고 전설의 망치로 한 대 후려치리라.

"빨리 알 15강 하고 돌아가야겠네."

미소가 절로 지어진다. 호랑이가 무서워 나무 위에서 뭔가 도움이 될 게 없나 이것저것 꺼내보다 깐 상자다. 본래 취지와 맞지 않게 당장 호랑이와의 전투에 도움 되는 물건은 하나도 나오지 않았지만 미래를 본다면 이보다 더 좋은 보물이 없다.

당장 팔 건 하나뿐이지만 그것만으로 이미 억만장자를 예약한 상황!

"이거, 집 사자마자 건물주 되게 생겼네."

흐흐.

경매 시작가 10억. 참여하는 사람이 얼마 없을지도 모르지만 단 한 명이라도 돈을 내는 순간 한시민의 평생 꿈은 이루어지는 셈.

거기에 경쟁자가 생기고 혹여 정신 나간 양반들이 돈지랄이라도 하고자 마음먹는 날엔 그야말로 동네에 작은 상가 한 채가 아니라 목 좋은 곳에 비싼 건물 한 채를 가진 대건물주가 되겠지.

"그 새끼 진짜 만나기만 해봐라."

그런 의미에서 다시금 개소리가 떠오른다. 그의 금싸라기 보물을 당당히 내놓으라고 댓글을 싸질러 놓다니.

부들부들한 마음을 애써 다독이며 조심스레 나무 밑으로 내려왔다. 그래도 그것만 빼면 방송을 통한 수익도 억대가 넘었으며 다시보기 횟수도 계속해서 올라가고 있어 어깨가 든든해진다.

남은 건 무사히 임무를 마치고 돌아가는 것뿐!

호랑이들의 눈치를 보며 숲을 다시 누볐다.

9

스페셜리스트는 다시 사냥에 돌입했다.

강예슬이 돈을 받아내느라 반나절 정도 참여하지 못했지만 대신 든든한 후원자를 얻어왔으니 표정은 밝은 상태.

토끼들을 앞세운 사냥은 보다 빠른 사냥 속도를 제공했다. 축복의 반지만 있었다면 아주 완벽했을 사냥!

덕분에 리치 영지 주변 사냥터는 점차 깔끔해져 갔다. 함정을 깔지 않은 부분의 영지도 절로 넓어지는 효과를 거둘 수 있었다.

그 결과, 스페셜리스트는 원하는 정보를 얻을 수 있었고.

"대륙 최북단은 잘 모르겠지만 북쪽, 그곳으로 향하는 숲엔 무시무시한 몬스터가 많이 살고 있다 들었습니다. 제국의 기사들마저 다가가는 걸 망설이는 곳이지요. 만만치 않은 몬스터가 대부분인 데다가 숲이라는 지형 역시 인간에겐 워낙 불리한 구조니까요. 이를테면 그 숲은 몬스터의 생태계입니다."

"그래도 밀고자 하면 밀 수 있지 않나요?"

"대륙, 그러니까 인간들의 힘이 가장 강할 때 한 번 선대 황제 폐하께서 시도했던 적이 있었다고 하지요. 한데 실패했습니다."

"마족들보다 강한 몬스터들이 살고 있나요?"

"그건 아닙니다. 하지만 제국 입장에선 마족보다 까다로운 게 몬스터들이죠. 희생을 치러가며 처리해야 할 필요가 없으니까요."

"아아."

"그 이후로 숲에선 몬스터들의 세력이 점차 넓어졌고 저희 영지는 보시다시피 과거의 영광을 잃었습니다. 영주님 덕분에 다시 성장하고 있지만…… 숲의 포식자를 처치하지 못하면 결국 모래사장에 짓는 성일 뿐이겠죠."

"……포식자요?"

"저 또한 소문으로만 들었습니다. 숲을 지배하는 지배자가 있다는……. 모험가분들껜 죄송스럽지만 혹시 도움을 조금 주실 수 있으십니까?"

[ '음침한 숲의 지배자'를 수락하시겠습니까?]

그건 곧 한동안 정체되었던 메인 퀘스트의 진행을 의미했다.

"물론입니다. 저희가 한번 알아보겠습니다."

기약 없는 노동의 끝.

슬슬 작업장 측 유저의 숫자도 줄고 있고 퀘스트에만 집중할 수 있는 최적의 환경이 만들어진 셈.

"켄지는 이제 50 찍었으니 우리가 1등이겠지?"

"혹시 모르지. 그쪽은 돈이 워낙 많으니까."

"쳇, 돈으로 게임 하는 놈."

제 얼굴에 침을 뱉으며 강예슬이 투덜댔다.

어쨌든 앞서 나가는 입장에서 강력한 경쟁자의 등장은 걱정될 수밖에 없다.

"우선 숲이라는 곳부터 찾아보자."

"거기 몬스터 레벨 엄청 높겠지?"

"……아마."

하나 지금은 남 걱정할 때가 아니라는 사실을 셋은 잘 안다. 특히 겨우 얻어낸 퀘스트, 숲의 지배자를 알아보라는 내용은 곧 그를 처치하라는 퀘스트로 이어질 가능성이 상당히 높으니까.

당장 주변 사냥터의 몬스터들도 토끼가 없으면 사냥이 힘든 지경인데 그보다 깊숙한 곳에 위치한 사냥터의 네임드 몬스터?

"어쩌면 레벨을 더 올려야 할지도……."

"으악!"

비명을 질렀지만 냉정한 현실이기도 하다. 판타스틱 월드는 유저를 배려해 주지 않는 게임이니까. 레벨이 부족하고 스탯을 채워야 하면 그건 유저의 몫. 게임 시스템이 나서서 유저를 도와주진 않는다.

노력! 인내! 실력!

모든 걸 갖춰야만 모든 걸 얻을 수 있는 구조의 세상.

사실상 메인 퀘스트 2막도 최소 시작 가능 레벨이 50일 뿐이지 퀘스트를 완료하는 데 적합한 레벨은 그보다 훨씬 높을 수도 있다.

여타 게임에서도 메인 퀘스트를 시작하면 그를 따라가며 레벨을 올리고, 자연스레 난이도가 높았던 퀘스트를 깰 때쯤엔 또 다른 메인 퀘스트를 시작할 레벨이 되니까.

"그래도 목표는 생겼으니까."

"가 보자."

스페셜리스트의 걸음이 북쪽으로 향했다. 한시민의 마차가 지나갔던 그 길로.

"언니, 우리 여기 처음 오는 거 맞지?"

"그런 거 같은데……."

"이 익숙함은 뭐지?"

음침한 숲을 찾는 건 어렵지 않았다. 트인 길을 따라 올라가다 보면 길이 사라지는 구간이 있고 그 너머엔 대낮임에도 어두운 분위기를 물씬 풍기는 숲이 있었으니까.

왠지 모르게 귀신이라도 나올 것만 같은 분위기!

어째서 사람들의 발길이 끊겼고 제국에서도 토벌을 포기했는지 입구에서부터 알 것 같다. 하나 스페셜리스트는 어찌 됐든 들어가야 했고 발걸음을 디딘 현재, 예상치 못했던 익숙함에 당황했다.

"이런 사냥터가 있었나?"

"설마."

"난 왜 낯이 익지?"

"나도 그래. 오빠는?"

"……나도 어디서 본 거 같은데."

셋은 여기가 위험한 사냥터라는 것도 잊고 기억을 더듬었다. 대체 어디서 보았을까? 이런 분위기의 사냥터는 찾으려 해도 찾기 힘든데.

게다가 게임을 플레이한 지 몇 달이 지났다 해도 그들이 거친 사냥터는 몇 개 되지 않는다. 한곳에 머무르며 거의 5~10 레벨을 올릴 때까지 죽치고 있었으니까.

"으으음."

"흠."

아무리 생각해도 기억나지 않는다. 그렇게 포기하고 찝찝한 기분을 뒤로한 채 사냥하려던 찰나.

"아! 기억났다!"

"……진짜?"

"뭔데?"

돌연 강예슬이 외쳤다. 전혀 신뢰가 가지 않는 외침. 하나 속는 셈 치고 들어보기로 했다.

무시에도 불구하고 강예슬은 꼿꼿이 어깨를 편 채 자신의 유식함을 마음껏 드러냈다.

"아니! 며칠 전에 방송에 나왔던 곳이잖아!"

"무슨 방송?"

"시민 오빠 방송! 거기서 상자 까던 배경이 여기 아니야?"

"……아!"

그제야 무의식 속 기억들이 떠올랐다.

상자 까기에만 집중하느라, 그리고 그 안의 내용물에 흥미를 갖느라 주변 배경 따위엔 신경 쓸 겨를이 없었는데.

"다시 한번 보자."

만 원짜리 영상을 다시 트니 과연 어째서 숲에 들어서자마자 익숙함이 물씬 느껴졌는지에 대한 확신을 가질 수 있었다.

어두침침한 배경, 햇빛이 들지 않는 숲, 습하고 거대한 나무들.

"시민 오빠 그럼 여기 있는 거야?"

"……강화하러 대체 어디까지 가는 거야."

"시민 씨야 뭐."

언제나 그래왔으니까. 새삼 놀라는 것도 웃기다. 해서 무덤
덤하게 고개를 끄덕였다.

여기 있을 수도 있지 뭐.

그뿐만이 아니다. 좀 더 나아가 생각하게 된다.

"아니면 우리가 여기 적응하는 동안 숲의 지배자를 찾아서
죽이실 수도……."

"……에이. 언니, 그건 너무 오버 밸런스잖아."

"…….."

아니라고 말은 하는데 표정은 굳는다.

진짜 그렇게 되면 어떻게 되는 거지?

숲을 탐험하는 발걸음이 다급해졌다.

🔟

내비게이션은 거짓말을 하지 않는다. 14강 알의 마지막 강
화를 할 수 있는 장소. 거기까지 무사히 한시민을 인도했다.
다만 아주 작은 문제가 하나 있을 뿐.

"여기 맞아?"

저 멀리 보이는 거대한 동굴. 느낌은 저 안에서 온다. 한데 저 안에 들어가면 안 될 것만 같은 본능적인 느낌도 함께 든다.

"……아니, 이 베타고 개새는 나한테 원한 있나?"

한눈에 봐도 위험하잖아. 입구에 어슬렁거리는 호랑이들도 무섭고.

아무리 한시민이 아이템이 좋고 스탯이 레벨에 비해 과할 정도로 높다지만 이미 마주쳤던 호랑이의 스펙도 그와 비교해 결코 뒤지지 않는 수준이다. 그런데 그런 호랑이들이 득실거리는 본거지 안에 명당?

"진짜 알 속에 병아리 이딴 거 들어 있으면 바로 호랑이들 먹이로 던져 버린다."

한숨이 절로 나오는 상황이 아닐 수가 없다.

뭐 어쩌라고.

저길 뚫고 들어가서 망치를 두드리려면 호랑이들을 다 때려잡아야 한다는 뜻인데.

한 마리도 겨우 잡은 주제에 무슨.

그렇다고 상자에서 얻은 마법서를 사용하는 것도 어불성설이다.

'차라리 강화 안 하고 말지.'

그걸 쓴다 해도 비빌 구석이 보이는 것도 아니고. 당연히 정면 돌파는 무리.

그렇다면 남은 선택지는 하나다.

"가서 잠깐만 너희 동굴 좀 쓰겠다고 하면……."

물론 SS급 마법서를 달라던 놈만큼 개소리고.

"하아."

결국 알아서 챙겨 먹어야 한다는 뜻.

자리에 앉은 한시민이 고민을 시작했다.

어떻게 해야 할까.

사실 지금 심정으로는 깔끔하게 포기하고 돌아가서 마법서 경매나 해도 상관없을 것 같긴 한데 여기까지 와서 쉽게 돌아가자니 오는 데 걸린 시간이 아까웠다.

조금만 생각해 보고 안 된다 싶을 때 돌아가자.

"후읍."

마음을 비우고 제삼자의 입장에 빙의해서.

굳이 머리를 쥐어짜 내며 생각하면 오히려 좋은 아이디어가 떠오르지 않는다. 이럴 땐 모든 걸 놓고 떠오르지 않아도 상관없다는 식으로 고민해야 한다.

"아!"

그렇게 고민하던 한시민의 머릿속에서 기발한 아이디어가 떠올랐다.

"……그런데 이거 해도 되나?"

양심이라곤 티끌만큼도 가지고 있지 않은 그조차도 순간 망설일 정도의 아주 창의적인 생각.

고민은 길지 않았다. 이 방법 외에 다른 방법이 떠오르지 않았으니까.

"에라, 모르겠다. 별일 있겠냐."

그래 봐야 죽기밖에 더하겠지.

마음을 다진 한시민의 걸음이 반대쪽으로 향했다.

스페셜리스트는 몬스터를 만났다.

원숭이!

한 마리뿐이었지만 숲이라는 특수성과 적에 대한 정보가 없다는 점은 사냥하는 데 온 힘을 다 쏟아붓게 만들었다.

탈진.

인상이 절로 찌푸려지는 일일 수밖에 없다. 경험치는 당연히 많이 받았지만 시간 대비 사냥 효율을 생각해 보면 결코 이득이 아니니까. 같은 시간 이보다 낮은 사냥터에서 사냥했다면 훨씬 많은 경험치를 쌓았을 것이다.

"토끼들이 있었으면 좋았을 텐데."

아쉬움이 들었지만 토끼들은 일정 범위 이상 밖으로 나가지 않았다. 아마 영지 근처라는 한시민이 달아논 전제 조건 때문이리라.

해서 더 어려웠고 막막했다.

"어?"

그런 그들의 시선에 저 멀리 피어오르는 연기가 들어왔다.

"뭐지?"

방향은 보다 깊은 숲. 잘 보이지는 않지만 어두컴컴한 나무들 사이 하늘로 올라가는 무언가는 분명 연기였다.

"숲에 웬 연기?"

"……."

"……."

왜일까.

누구도 답을 내놓지 못했다. 그들이 생각하는 그것이라면, 정말 상상도 하지 못했던 것이니까.

11

멀지 않은 곳에서 불을 붙였다. 그래야 동굴 속에 있는 호랑이들이 위협을 느낄 테니까.

"이야, 잘 탄다."

불은 내기가 어려웠지 일단 붙이자 그 어느 숲보다 활활 타올랐다. 혹시 붙지 않으면 어쩌나 했던 고민이 사그라진 셈.

정열적으로, 음침한 숲속에 내가 타오르고 있다는 걸 알리고 싶다는 듯 붙기 시작한 불은 동굴 쪽으로 향했다.

서서히. 조금씩.

원래 처음은 미약한 법이다. 눈치 보며 주변을 집어삼키고 덩치를 키우고 나서야 비로소 진정한 산불의 위력이 발휘되니까.

한시민은 서둘러 옆으로 빠져 동굴로 향했다.

몬스터들이 불길을 발견하고 다가와 진화하려는 움직임을 보이진 않을 것이다. 그건 숲이라는 자연환경에서 수십 년을 살았을 몬스터에겐 있을 수 없는 생각이니까. 아니, 애초에 불 자체가 그들에겐 생소할 것이다.

그런데 그걸 보고 그런 생각을 한다?

불이 났으니 끄자!

이렇게?

차라리 온몸을 던져 불과 싸우는 무식한 짓을 하면 모를까 체계적으로 불을 끄진 못할 터. 해서 한시민은 산불이 결코 쉽게 꺼지지 않으리라고 확신했다.

'동굴은 빈다.'

호랑이들이 무식하게 다가오는 불길과 싸우다 죽든 현명하게 도망치는 선택을 하든 어느 쪽이든.

한시민은 자신에게 든든함을 느꼈다. 어쩜 이런 생각을 해
냈을까 기특하다.

물론 시간은 얼마 없으리라.

일단 불을 내고 봤지만 한시민 역시 타오르는 염화 앞에선
오래 버틸 수 없는 생명체에 불과하니까.

높은 힘, 체력, 민첩?

섭씨 수백 도를 넘나드는 겁화 앞에서 무슨 소용이랴.

가죽은 대미지를 막아주지 그 자체를 녹여 버리는 것엔 속
수무책이다.

"후."

해서 정신 차렸다.

기회는 한 번.

어차피 알을 강화하러 온 것뿐이니 여기서 실패하든 성공
하든 다시는 이곳에 올 일이 없다.

타오르는 나무들에게 미안해서라도 꼭 성공시키고 이런 우
중충한 몬스터들의 숲을 없애 버리자!

"크어어엉!"

"크왕!"

아까 그 자리로 돌아와 동굴을 주시하니 때마침 호랑이들
도 하나둘 모습을 드러내 울부짖었다.

그래, 당황스럽지? 내가 너희 면상 볼 때 그랬어. 비록 빌어먹을 경험치 페널티 때문에 너희 앞에 당당히 서서 망치를 휘두를 순 없지만 인간이 만든 불이라는 것으로 엿 좀 먹일게.

괜스레 어깨가 들썩인다.

현실로 따지면 호랑이가 사는 동굴 속에 할머니 건강에 좋을 것 같은 산삼 한 뿌리가 있으리란 믿음 하나만으로 숲 전체에 불을 놓는 방화범 주제에!

'뭐, 아무도 모를 테니까.'

자신감의 근거는 역시 이것. 제국도 손 놓은 곳이고, 별문제야 있겠나. 하나 있다면 불이 소화되지 않고 쭉쭉 뻗어가 리치 영지에까지 도달한다는 가정뿐. 물론 그 문제는 불을 지른다는 생각을 갖자마자 염두에 두었으니 걱정하지 않아도 된다.

"활활 타올라라."

"크왕!"

"크르르르."

열, 스물.

대체 몇 마리가 동굴 속에 있었는지 등골이 서늘할 만큼의 숫자가 밖으로 나왔다.

그뿐만이 아니다.

"크어어어엉!"

"……!"

보통 놈들보다 덩치가 적어도 세 배는 큰 호랑이!

그놈도 마지막으로 동굴에서 나왔다.

'진짜 좆 될 뻔했네.'

저 호랑이는 단검은커녕 한시민이 망치를 아무리 세게 휘둘러 봐야 시원하다고 더 때려 달라 등을 들이밀 놈이다.

"크와왕! 크왕!"

"크어엉!"

뜻 모를 대화들. 그리고 호랑이들은 내달렸다. 불이 아닌 반대쪽으로.

'영리한 놈들.'

한 치의 망설임 없이 지들 집을 버리고 뛰는 것 봐라.

어쩌면 저놈들은 이 숲에서 제법 힘이 센 종족일지도 모른다는 생각이 들었다. 저런 현명함이라면 갖고 있는 힘과 더불어 수많은 몬스터가 서식하는 이곳을 쉽게 평정할 수 있을 테니까. 동시에 저렇게 짱구 굴리는 놈들은 사냥하지 않겠노라 다짐하며 동굴로 향했다.

불길이 생각보다 빠르게 커지고 다가왔지만 어쩌겠나 지금 한 번을 위해 불을 붙였는데.

어두컴컴한 동굴 속 한시민이 들어갔다.

몇 시간 뒤.

한시민의 채널 공지에 경매에 관한 글이 올라왔다.

['전설의 대마도사의 보물' 건에 대한 아이템 경매 공지입니다.]

['무영창(SS)'과 '펜타 캐스팅(SS)'은 습득 가능한 스킬북이고 경매 시작 금액 10억 원에 경매를 붙이고자 합니다.

경매의 경우엔 판타스틱 월드 공식 아이템 거래 중개 사이트에 대리하며 장소는 하부에 표시한 곳에서 3일 뒤 10시에 진행될 예정입니다.

본 경매에 낙찰된 아이템의 경우 중개 수수료 및 모든 비용을 낙찰자께서 부담하셔야 하며 낙찰된 아이템은 게임 내에서 전달 예정입니다.]

그걸 본 강예슬이 곧바로 길드 대화를 열었다.

"시민 오빠! 뭐야? 숲에 있는 거 아니었어?"

―어떻게 알았어?

"우리도 메인 퀘스트 때문에 와 있거든."

―아.

"잘 보이지는 않지만 저 멀리 웬 산불 난 거처럼 연기가 피어오르는데, 혹시 오빠 아는 거 있어?"

ㅡ······아니? 나 지금 죽어서 리치 영지야.

"아아! 그렇구나. 알겠어, 오빠. 우리 곧 돌아가니까 어디 가지 말고 있어. 강화할 거니까."

ㅡ그래.

간단한 안부와 용건 전달!

3일 뒤로 다가온 경매에 두근거리는 가슴을 진정시키며 곧바로 아빠에게 연락한다.

"헤헤헤. 꼭 사야지."

"예슬아, 시민 씨 죽었다고 하시지 않았어?"

"응, 그래서 지금 리치 영지에서 리스폰 했대."

"그런데 어떻게 길드 대화를 할 수 있지?"

"······응?"

"죽으면 48시간 로그아웃이잖아."

"······그러네?"

볼일을 마치고 제기되는 의문.

"뭐지?"

"안 죽은 거 아닐까?"

"안 죽었는데 죽었다고 말할 이유가 없잖아."

"······."

상식으론 도저히 이해할 수 없는 영역의 대화였다.

게다가 강예슬은 그런 이상함보다 당장 눈앞에 닥친 경매와 스펙 업에 관심이 가득해 제대로 물어보지도 못했고. 그렇다고 다시 대화를 걸 수도 없었다.

"가서 물어보자."

"응."

"어차피 강화도 해야 하니까……."

해서 자리에서 일어났다. 어차피 음침한 숲은 마음 놓고 돌아다닐 만큼 만만한 장소가 아니다.

메인 퀘스트 따위 신경도 쓰지 않는 한시민에게 도와달라는 염치없는 부탁은 하지 못하니 그의 능력으로 방어구와 무기의 스펙을 올려 조금이라도 안전하게 퀘스트를 진행할 수 있는 환경을 만들어야지. 죽었다면서 멀쩡히 게임 속에서 길드 대화를 하고 있는 한시민에 대한 궁금증도 풀고.

셋이 다시 리치 영지로 복귀했다.

## 12

영지로 복귀한 한시민을 영지민들과 토끼들이 반겨주었다.

"잘 있었어, 내 새끼들?"

물론 한시민은 돈 안 되는 영지민들의 환영 따윈 건성건성 받고 배가 잔뜩 부른 토끼들에게만 애정을 듬뿍 담아 안아주었다.

"뀨우! 뀨우!"

그러자 품고 있던 것들을 하나둘 뱉어내는 토끼들. 작지만 마법적 처리가 되어 있어 방어구 안에 물건을 보관할 수 있는 이점을 활용해 모아놓은 티끌들은 태산이 되어 있었다.

"크, 이런 착한 토끼들을 봤나."

레벨도 열심히 올려놨구나.

어느덧 40을 달성한 토끼들을 보니 감개가 무량하다.

주인보다 낫네.

돈 안 드는 칭찬을 마구 남발하며 바닥에 널브러진 여러 아이템을 마법 주머니에 넣는다. 그리고 품에서 진홍빛이 된 알을 꺼냈다.

"짜잔!"

15강 알.

**[+15 알]**

* 등급: Random

* 내용: 무엇이 튀어나올지 모르는 알

여전히 내용은 성의 없지만 왠지 모를 뿌듯함이 몰려온다.

그래도 결국 해내고야 말았구나.

숲에 불을 지르면서까지 자처한 개고생의 끝이 개죽음은 아니라 참 다행이란 생각이 들었다.

"부활의 목걸이가 아니었다면 난 아마……."

지금쯤 로그아웃당해 어떤 아이템을 떨어뜨렸나 노심초사하며 한숨도 이루지 못하고 있었겠지.

팔아먹을 생각으로 가지고 있던 목걸이가 의외의 상황에서 그에게 희망을 가져다주었다. 그렇기에 당분간 목걸이 판매는 보류하기로 했다.

'어차피 마법서만 있어도 돈은 충분하니까.'

게임 진행에 도움 되는 아이템은 끼다가 나중에 필요 없어지면 팔자.

다시 생각해도 온몸에 불이 붙어 죽는 건 끔찍했지만 어쨌든 원하는 걸 얻어냈기에 정성스럽게 알을 쓰다듬었다.

"……."

남은 건 부화뿐인데. 문제는 부화시킬 방법을 모른다는 정도?

"이런……."

그냥 토끼들 사이에 확 던져 버릴까.

커뮤니티를 찾아봐도 별다른 정보를 찾을 수 없었다. 혹시 몰라 배에 품어보기도 하고 바닥에 내려놓고 토끼들에게 품어보라 했지만 역시 달라지는 건 없었다.

그동안은 15강 할 동안 부화하지 말라 빌었었지만 막상 그 속을 깔 때가 오니 닥친 문제!

인상을 찌푸리고 고민하는 사이 스페셜리스트가 도착했다.

"오빠!"

한시민은 망설이지 않고 도움을 요청했다.

"……."

"……알을 어떻게 부화할까요."

정답이 나올 리 없었지만.

고민하던 한시민이 다시 토끼에게 알을 건넸다.

"일단 강화부터 하죠."

그래, 급한 건 아니니까.

오랜만에 한시민이 본업으로 돌아와 대리 강화를 시작했다.

"뀨?"

"뀨뀨!"

알을 맡겨두고 대리 강화를 시작한 사이 토끼들은 하나둘 알 근처로 몰려들었다.

흥미! 호기심!

이건 뭘까?

판타스틱 월드 대륙 내 모든 생명체에겐 심장이 있고 마음이 있고 또 생각이 있다. 개체별로 차이가 있겠지만 토끼들에게 그들의 손에 들어온 알은 호기심의 대상이었다.

주인이 애지중지하는 알. 그리고 영롱한 진홍빛을 내뿜는 알. 동시에 선뜻 다가가기 힘든 위엄이 담겨 있기까지 하다.

만약 그들이 레전더리 직업의 능력으로 테이밍 되지 않고 여전히 성 앞 초원에서 뛰놀다가 초보자들에게 학살당하는 그런 존재들이었다면 감히 다가가지조차 못했을지도 몰랐다.

하나 지금은 같은 주인을 둔 존재! 용기를 내 알에 다가가 쓰다듬어주었다.

"뀨뀨!"

"뀨!"

마치 막내를 기다리는 언니 오빠들 느낌이랄까. 그들보다 엄청난 존재가 나오리란 본능적인 감보다 우선시되는 가족애! 그렇게 친근감을 가진 토끼들이 자신감을 갖고 보다 적극적으로 알에 다가갔다.

"뀨!"

나와봐!

언제 나올 거니?

애정이 담긴 공세가 펼쳐져도 알은 꿈쩍도 하지 않았다. 자신들이 먹다 꿍쳐 둔 당근을 줘봐도 묵묵부답. 한시민에게 내밀었다 퇴짜당한 아이템을 줘도 묵묵부답. 근처 사냥터에서 사냥하고 구한 고기를 내밀어도 반응이 없다.

그러다 보니 답답해졌다. 오기가 생겼다. 주인을 따라가는 건지 뭔지는 몰라도 토끼들은 자기가 가진 것들을 전부 꺼내기 시작했다. 금속, 풀, 과일, 약초, 등등.

비어 있는 영지 한편에서는 강화, 한쪽에선 강제 시식이 이뤄지는 희귀한 풍경이 벌어졌다.

"에이, 아깝네. 15골드요. 다음 강화 들어갑니다."

"뀨뀨뀨!"

공통점이 있다면 양쪽 모두 비슷한 인성을 지닌 것들이 존재한다는 정도랄까.

토끼들은 심지어 흩어지기까지 했다.

"뀨우!"

야! 가서 다른 거 가져와 봐! 이거 내가 꼭 오늘 부화시키고 만다!

조금의 확신이나 가능성이 있어서가 아니다.

그냥.

그냥 심심해서.

포유류인 토끼들에게 있어 세상에 나온 건 어찌 됐든 부화의 의미를 갖고 있었으니까.

태어났으되 숨어 있다. 이런 판단이 토끼들의 섣부른 행동을 불러왔다.

그런 모습을 강화하던 한시민이 힐끔 쳐다봤다.

"야야, 그거 깨지면 너희 그날로 다 토끼 구이 되는 거다."

"……."

"……."

순간 정적.

호기심은 생명의 존엄성보다 높은 곳에 위치해 있지 않다. 바닥에 대충 굴리며 이것저것 가져다 대던 토끼들이 조심스럽게 알을 들고 부드러운 털 위에 올려놨다.

귀여운 놈들.

한시민이 웃으며 방금 받은 1골드짜리 동전 하나를 던졌다.

"심심하면 그거나 한번 먹여봐. 혹시 몰라? 빌어먹을 알도 황금 만능주의에 찌들어 돈 주면 좋다고 부화할지?"

동전은 굴러 토끼들에게 도착했다. 주인의 명령을 받은 토끼들이 1골드를 조심스레 알에 가져다 댔다. 당연히 뭔가 이뤄질 거란 생각 따위는 조금도 없는 행동.

하지만.

팟—

"……?"

"……?"

골드를 댄 순간 알에서 미약한 빛이 뿜어져 나오며 흡수했다.

"뭐야?"

동시에 한시민의 시선이 토끼들에게 향했다.

"뀨뀨뀨!"

토끼들이 신기한 현상을 온몸으로 표현했다.

"뭐라는 거야."

하나 전달될 리가 없었다. 대신 하나는 확실히 한시민의 눈에 띄었다.

"야, 내 1골드 어디 갔어?"

"……뀨!"

토끼들이 알을 내밀었다. 한시민은 그 정도 보디랭귀지는 이해할 짬밥이 됐다.

그가 비웃었다.

"이런 앙큼한 놈들. 이게 처먹었다고 구라 치고 감히 내 돈을 날름해?"

토끼 주제에 돈 맛은 안다 이거지?

버릇을 고쳐주기 위해 이번엔 10골드짜리를 꺼냈다.

"이게 먹은 거면 내가 예슬이 할아버지다."

그러곤 이번엔 한시민이 직접 골드를 알에 가져다 댔다.

팟─

마찬가지로 골드가 사라졌다.

더없는 침묵이 내려앉았다.

**Episode 16.**

콩 심은 데 콩 나고 금 먹인 데 금 난다

1

"……."

이걸 어쩐담.

강화하다 말고 내려앉은 침묵은 쉽게 가실 줄을 몰랐다.

한시민은 충격 먹은 듯 굳은 표정으로 알을 뚫어져라 쳐다보았고 정설아와 정현수는 어색한 미소로 서로를 바라보며 고개 저었다.

믿고 싶진 않겠지만 이미 벌어진 현실이다.

한 번이라면 우연일 수도 있다. 하나 두 번은 결코 우연이 아니다.

"와, 알이 골드를 먹네? 신기하다. 나도 한 번?"

팟—

거기에 눈치 없이 찬물을 끼얹는 강예슬!

하나에 11만 원짜리 동전이 알로 흡수되는 장면은 놀라울 수밖에 없었다.

"……내 120만 원."

물론 돈이 썩어나는 재벌 2세에게나 신기한 경험이지 얼토당토않은 일이라 생각하고 11골드나 먹인 한시민 입장에선 온몸이 부들부들 떨릴 만큼의 큰 지출이다. 11골드면 석 달 치 식비 아닌가! 그걸 양심도 없이 내민다고 알이 날름 처먹은 것이다.

"이런 개 같은……."

날달걀을 봤나.

순간 15강까지 했던 고생들과 사라진 골드에 대한 설움이 왈칵 몰려왔다.

나쁜 놈. 내가 얼마나 잘해줬는데. 강화 한번 해보겠다고 숲에 불도 내며 목숨도 버리길 망설이지 않았지. 그런데, 그런데!

"후라이 먹을 토끼 선착순 한 마리."

"……뀨."

무엇보다 화가 나는 건 그랬음에도 변화가 없다는 것이다. 별의별 짓을 다해도 꿈쩍 않던 알이 골드는 처먹었다면 그건 곧 부화의 가능성을 골드를 통해 보여줬다고 봐도 무방한데 어찌 11골드나 처먹고도 알이 진동한다거나 껍데기가 깨질 기미를 보이지 않는단 말인가!

"오빠, 아직 멀쩡한 거 보니 골드가 부족하나 본데?"

"……닥쳐."

교묘하게 찌르고 들어오는 사실에 좌절한다.

그럴 리 없어. 여기서 또 얼마를 처먹여야 한단 말이야!

게다가 얼마를 더 먹인다고 알이 부화하리란 보장도 없다. 현재로선 그나마 가장 가능성 있는 대책일 뿐이지.

"놔뒀다가 나중에 필요하다 싶으면 시도해야겠다."

암, 그렇고말고.

애써 자기합리화를 시전했다. 지금 여기서 오기를 부리게 된다면 깨져 나갈 골드가 얼마나 될지 감히 상상도 되지 않는다. 아니라고 희망을 갖기엔 알이 너무나도 대단하니까. 굳이 되새기지 않아도 출생부터 15강 강화 장소까지.

'최소 천 골드.'

한시민의 본능은 그렇게 말하고 있었다.

적어도 그 정도는 잡아야 하지 않을까. 무엇을 원하든 무엇이 나오든 네가 상상하는 그 이상의 무언가가 나오려면. 당연히 질릴 수밖에.

"오빠, 이거 궁금한데 돈 먹여서 깨보면 안 돼?"

"……돈 없어."

사실 이게 가장 중요한 이유다.

자금 부족.

불과 며칠 전까지만 해도 빵빵했던 통장은 자가 마련과 인테리어로 5천만 원이 채 남지 않았고, 골드 역시 2천이 넘게 있었지만 영지 발전이라는 명목하에 보좌관이 뜯어가 100골드도 갖고 있지 않다. 알은커녕 게임 속 캐릭터 밥 먹일, 아니, 현실의 한시민조차 라면을 먹어야 할 상황이다.

그런데 옆에서 이렇게 부추기다니.

지 알 아니라고 막말하는 거 맞지?

"우리 강화해 주고 돈 받잖아. 응? 궁금해. 나도 조금 보탤 테니 깨보자, 우리."

"……."

한 대 쥐어박을까?

하나 그건 또 대리 강화를 아직 마치지 못한 을의 입장에선 불가능한 일. 해서 최후의 방법을 썼다.

"응? 오빠, 오빠? 내 말 안 들려?"

"……다시 강화 시작할게요."

무시하기!

개소리는 듣지 않는 게 정신 건강에 좋다.

언젠가.

누구보다 대박을 원하고, 알 안에 무엇이 들었기에 이토록 사람을 괴롭게 하는지 궁금한 한시민이다. 그렇기에 결국 돈을 쏟아붓든 알을 깨겠든 하겠지만, 지금은 아니었다.

'뭔지 몰라도 필요 없어.'

좋은 생각만 하고 많은 돈을 벌 궁리만 할 때다. 곧 있으면 억만장자의 꿈을 이뤄줄 경매도 다가오지 않는가! 큰돈이 들어오길 앞두고 돈 쓸 생각한다는 건 돈을 모으고 싶지 않다는 간접적인 홍보나 다름없다.

'시민아, 차 사고 건물도 사고 럭셔리하게 살아야지?'

이러다가 게임 속 캐릭터만 점점 화려해지고 현실에선 평생 라면만 먹어야 하는 일이 벌어질 수도 있다.

현실 먼저!

항상 잊지 말아야 할 다크 게이머들의 제1규칙.

초심을 찾은 강화가 이어졌다.

다이노는 천재다. 사람들이 흔히 말하는 하늘이 내린 천재.

그런 그가 대륙에 다섯뿐인 레전더리 직업 중 하나를 갖게 된 건 전혀 이상하지 않은 이야기.

이미 초보자 때 마법 수식을 모조리 이해하고 완벽히 구현

하는 과정에서 NPC들마저 놀라운 재능이라 박수를 보냈고 대마법사들도 제자로 삼고자 은밀히 손을 내뻗었으니 말 다한 셈.

그런 그에게 우연히 발견한 한시민의 방송과 우연히 보게 된 스승의 보물은 충격이었다.

무영창! 펜타 캐스팅!

아무리 천재라도 무에서 유를 창조할 수는 없는 법이다.

게다가 여긴 게임. 이치와 과학이 적용되지 않는 세계에서 무얼 발명하고 만든단 말인가.

어디까지나 빠른 캐스팅과 상황에 맞는 훌륭한 마법 배치만이 그의 마법사 능력을 한껏 활용할 방법이었는데 그것에 날개를 더해줄 마법이 나타난 것!

당연히 똥줄 탈 수밖에 없었다. 갖고 싶은 욕망은 둘째 치고 저게 다른 마법사의 손에 들어가기라도 한다면 그의 재능은 압도적인 스킬에 무릎 꿇으리란 것쯤은 쉽게 계산되었으니까.

남들보다 빠르고 창의적인 활용을 하면 뭐하나. 입만 열면 서로 다른 다섯 개의 마법이 그를 향해 날아올 텐데.

그뿐 아니라 영창이 필요 없으니 그 시간 동안 또 다른 마법을 준비할 수 있고 마력만 충분히 받쳐 준다면 일반 마법사들보다 최소 10배 이상의 사냥 효율을 보여줄 수 있다.

사냥, PVP.

모든 면에서 마법사를 OP 캐릭터로 만들어줄 스킬북!

그가 꼭 가져야 한다. 온전한 스킬들을 1,000% 활용할 사람은 나밖에 없다.

조급한 마음은 그를 움직이게 만들었다. 커뮤니티 댓글에 어그로를 끌어 주인의 관심을 받고 연락을 취한다. 동시에 제시할 수 있는 수많은 조건을 걸고 양해를 구한다.

그게 그의 계획이었다. 적어도 며칠 전까지는.

"……왜 연락이 안 오지."

최소한 화가 나서라도 와야 한다.

이게 왜 네 거냐고. 맡겨놨냐고. 이건 내가 구했다며 원한다면 경매에서 직접 사라고.

연락만 된다면 그런 욕을 먹으면서 천천히 설득할 자신이 있었다. 하지만 연락조차 없다. 하루를 기다렸는데 연락이 없는 건 곧 앞으로도 할 생각이 없다는 뜻과도 같다. 경매 시작가를 무려 10억이나 걸어놓은 글을 하루 동안 확인하지 않는다는 건 말도 안 되니까.

해서 방법을 바꿨다. 이번엔 친구 추가를 걸었다. 가정하긴 싫은 최악의 경우지만 그가 예상한 게 맞으면 적어도 몇 마디 대화 정도는 할 수 있으리라.

['시민' 님께서 친구 요청을 수락했습니다.]

초조한 그의 마음을 비웃기라도 하듯 바로 수락되는 요청!

다이노의 낯빛이 어두워졌다.

생각보다 심하구나.

굳은 표정으로 대화를 요청했다.

"안녕하세요. 진짜 대화 1분당 10만 원 맞죠?"

"예, 반갑습니다. 저는 다이노라고 합니다."

"알고 있어요, 전설의 대마도사."

전형적인 돈을 밝히는 유형. 현대 사회에서 가장 많이 보이는 인간 형태이긴 하지만 대부분 사람은 돈을 밝히는 모습을 감추게 마련이다. 겉으로 보이는 이미지는 겸손하고 검소하길 원하는 욕심도 있으니까.

하지만 그가 본 한시민은 아니다. 기분이 나빴을 텐데 돈이 안 된다 판단하고 가차 없이 무시해 버리는 결정, 그러나 대화 1분당 10만 원을 준다는 말에 또 곧바로 대화에 응하는 자유분방함까지.

이는 돈만 본다는 뜻.

침이 절로 넘어간다. 이런 자를 설득하는 게 가장 쉬우면서도 어렵다. 원하는 만큼의 돈을 주면 되지만 아쉽게도 다이노에겐 그만한 돈이 당장 없으니까.

해서 대안을 제시해야 한다.

그래도 다행인 점은 그는 역시 천재라는 것.

"커뮤니티 댓글은 죄송합니다. 어떻게든 연락을 취하고 싶었는데 방법이 없었습니다."

"괜찮습니다. 사실 제가 그런 커뮤니티 댓글 따위에 신경 쓰는 사람도 아니고. 하하. 어차피 베스트 댓글이야 아무나 싸놓은 똥글에 사람들이 좋다고 좋아요를 눌러서 올라가는 거니까 말이죠. 굳이 그쪽이 죄송하실 필요는 없을 것 같네요. 저는 아무렇지도 않으니까요."

"……."

의도적인 말 늘이기와 부자연스러운 말. 30초면 전달될 내용이 2분짜리로 둔갑한다.

산 넘어 산.

정말 어려운 상대구나.

한숨을 내쉬면서도 다이노가 침착하게 말을 이었다.

"아시다시피 전 전설의 대마도사 직업을 운 좋게 물려받았고 해당 직업의 효율을 극대화하기 위해 그 스킬북이 필요합니다."

"아! 맞다. 그 궁금한 게 있는데요."

"예, 말씀하시지요."

"혹시 그렇게 말하면 제가 '예, 그러시군요' 하고 줄 거 같아서 연락하신 건 아니죠?"

"⋯⋯물론입니다."

"아니면 사설은 빼고 본론만 이야기하시죠. 길게 하면 할수록 저야 좋긴 하지만 마음 같아선 죽빵 한 대 치고 싶은데, 쒜끼야. 참는 거니까요."

판타스틱 월드의 통역은 자연스럽다. 하나 욕설 같은 경우엔 웬만하면 최대한 순화되어 번역된다.

"⋯⋯."

그럼에도 억양에서 느껴지는 말투는 공격적이었다. 역시 게임이라는 익명성에 기댄 한시민의 인성!

다이노가 단도직입적으로 자신이 해줄 수 있는 것을 제시했다.

"저에겐 스킬북의 가치에 맞는 현금이 당장 없습니다. 하지만 제게 팔아주신다면 1년 이내에 생각하시는 금액의 2배를 만들어 드리겠습니다. 부탁드립니다. 저에겐 그만한 능력이 있습니다."

"아아."

그는 천재다. 주식을 통해 돈을 벌 수 있지만 하지 않는 것뿐. 그걸 후회하는 날이 올 줄 몰랐지만 부디 통하길 바랐다.

"1년 좋아하네. 됐고요. 15분 통화했으니 150만 원, 채널에 있는 계좌에 붙이세요. 1년 뒤에 내가 살아 있을지도 모르는 판에 뭔 소리래."

"……저기."

하나 그것은 헛된 희망! 한시민에게 자비 따윈 없었다. 당연한 반응이기도 했다. 누가 믿겠는가. 거기다 당장 내일이면 손에 만질 수 있는 현금이 들어온다.

"젠장."

다이노가 좌절했다. 돈이란 언제든 모을 수 있다는 오만에 모아두지 않았던 게 이토록 후회되는 날이라니.

어쩌겠나. 다시 연락해서 빌기라도 하려 했지만 이미 친구는 끊어진 상태. 자신만만하던 다이노에게 남은 길은 없었다.

2

이를테면 한시민이 구하지 못한 전설의 망치가 다른 레전더리 직업의 손에 있는 상태고 그 사람은 공개적인 경매에 물건을 올려놓으려는 상황이다.

얼마나 좌절이겠는가! 무슨 개고생을 하며 레전더리 직업을 얻었는데! 필요 경험치 200% 페널티는!

그게 없으면 전설도 반쪽짜리 전설일 수밖에 없다. 그렇게 생각하니 조금 짠했다.

하지만 어쩌겠나!

'얼굴도 모르는 사람 따위.'

어차피 한시민이 아니었다면 세상에 모습도 드러내지 못했을 보물이다. 강화사의 능력으로, 한시민만의 초능력으로 열쇠를 강화하지 않았다면 다섯 개 중 테이머의 쓰레기 같은 직업만 공개되었을 테니까.

죄책감 가질 필요가 없다는 뜻.

"영감탱이들끼린 친했어도 우린 아니니까."

반대 입장이었어도 마찬가지일 확률은 100%다. 누가 기본 10억은 먹고 들어갈 아이템을 얼굴도 모를 사람에게 그냥 준단 말인가.

그래도 약속대로 150만 원을 입금해 준 해당 직업 보유자를 생각하니 아주 조금 불쌍하단 생각이 들었지만…….

"경매를 시작하겠습니다."

……사회를 맡은 경매 진행자의 한마디에 금방 사라졌다.

"와아! 시작했다."

"예슬이 너 여기 있어도 돼?"

"응, 경매는 우리 아빠가 고용한 사람이 할 거야."

"……대단하네."

한시민의 예상보다 훨씬 많은 사람이 경매에 참여했다. 한눈에 봐도 외국인이 대다수인 것으로 보아 세계 각지에서 몰려온 부자임이 틀림없다. 가슴이 뛸 수밖에!

기대와 함께 경매가 시작됐다.

3

"경매 시작 전, 준비된 영상부터 보고 시작하겠습니다."

긴장되는 분위기 속, 한시민이 준비한 영상이 공개됐다. 스킬북 맨 마지막 장을 자세히 살펴보면 나오는 보너스 영상. 워낙 경황없어 그때는 확인하지 못했지만 뭐 더 받아낼 게 없나 싶어 확인하던 차에 발견한 것.

"저런 게 있었어요?"

"네, 비장의 카드죠."

VIP룸에서 관전 중인 한시민이 자신만만한 표정으로 어깨를 세웠다. 당장 옆에 있는 강예슬부터 동요하는 게 눈에 보인다.

무슨 영상일까 궁금하겠지.

그리고 기대할 것이다.

어쩌면 베일에 가려 있던 이름뿐인 스킬의 영상이 아닐까? 상상으로만 그렸던 그림을 구체적으로 볼 수 있지 않을까? 혹은 만약 내가 산다면 어떤 식으로 활용할지에 대한 방향성을 제시해 주지 않을까?

경매에 참여한 사람들의 기대에 맞춰 영상이 시작됐다.

쿠쿠쿵!

그곳은 드넓은 황야였다.

양쪽으로 나뉜 진형, 수만의 병사. 검과 방패, 창, 지팡이, 왕홀을 든 인간들과 마주한 한쪽에 서 있는 수많은 마족!

뿔이 달리고 체격은 2m가 넘으며 칼로 찔러도 피 한 방울 나지 않을 것만 같은 근육들.

인마전쟁!

둥! 둥! 둥!

긴장이 흘러넘친다. 그저 대치만 할 뿐임에도. 침이 넘어 간다.

인간 측 진형에서 다섯이 앞으로 나섰다. 영화가 아니기에 누군지에 대한 설명은 없지만 판타스틱 월드를 조금이라도 플레이하고 역사에 대해 찾아본 유저라면 쉽게 추측할 수 있는 자들!

"……대륙의 다섯 전설."

누군가 중얼거렸다. 다들 고개를 끄덕였다. 그들이 왜 영상에 나타났는지에 대한 의문은 갖지 않았다. 저 다섯 중 하나가 남긴 스킬북이 현재 경매에 올라온 물건이니까.

'맞구나.'

'스킬에 대한 영상이다.'

똑똑한 사람들은 여기까지만 봐도 눈치챘다. 앞으로 전개될 내용에 대해.

쿵! 쿵! 쿵!

전개는 예고 없이 진행됐다. 시작은 마족들의 진격이었다.

당당한 걸음! 거침없는 발길! 그러면서도 빠르지 않다.

자신감! 인간 따위에게 절대 지지 않으리란 확신!

인간 측 진형에서도 결코 뒤지지 않는 기세를 발산했다.

쿵! 쿵! 쿵!

개미 떼와 같은 양측 진형이 가까워진다.

대륙의 운명을 건 한판 승부.

말이 좋아 승부지 목숨 건 전쟁이다. 피 흘리고 살 찢기고 생명이 꺼져 가는. 승자만이 정답이고 패자는 말이 없는 그런 전쟁!

후웅―

어느 정도 거리가 가까워졌을 때, 무심한 공격 하나가 날아갔다. 예고 없는 공격은 소리 없이 날아가 커다란 파장을 일으킨다.

콰콰쾅!

거대한 폭발.

그건 곧 시작을 알리는 신호탄. 기다렸다는 듯 귓가를 울리는 함성과 함께 전쟁이 시작됐다.

그 어느 영화보다 박진감 넘치고 스릴 있고 현실감까지 충족되는 영상에 경매 진행자들은 넋을 놓았지만 동시에 자신들이 꼭 봐야 할 것은 놓치지 않겠노라 집중하고 있었다.

다행히 화면은 다섯 전설 중 대마도사에게 고정되어 있었다.

대마도사는 가만히 전쟁을 지켜보다 이내 지팡이를 들었다. 두 눈을 감고 조용히 명상한다. 그리고 내리긋는다.

팟─

아무 말도 없었다. 어떠한 영창도 없었고 마력이 움직이는 느낌도 없었다. 하지만 그 파장은 결코 가볍지 않았다.

콰콰콰콰콰콰콰쾅!

다섯 개의 폭발.

폭발끼리 연쇄되어 발생한 위력.

그리고 생기는 거대한 구멍.

누가 개미 떼에 뜨거운 물을 부었는가.

인간들을 맨손으로 잡아 찢고 피를 마시는 마족 수백이 일순 증발했다. 고작 한 번의 마법에.

"……!"

"……!"

영상을 보던 사람들이 저도 모르게 엉덩이를 뗐다. 말도 안 되는 위력이다. 저 정도 강함이면 하루 1업도 무리가 아니라는 생각이 가장 먼저 든다.

물론 그들은 바보가 아니다. 저건 어디까지나 대륙의 전설이었던 대마도사의 마법이고 그 위력을 내기 위해 쌓아야 할 레벨과 마력 스탯이 얼마나 될지는 감히 상상하지 않아도 토가 나올 정도.

그래도 사람들이 놀란 이유는 하나!

"스킬명조차 영창하지 않았다."

"다섯 개의 마법이 연쇄되다니……!"

상상했던 내용이 영상에 고스란히 담겨 있었기 때문.

사실 고작 그것뿐이다. 그들이 눈앞에서 경매되는 스킬북을 샀을 때 할 수 있는 것은.

영상 속 전설의 대마도사처럼 되기 위해선 적어도 수년, 혹은 십 년이 더 걸릴 수도 있고 그를 위해 필요한 금액은 어쩌면 수백억 대일 수도 있다.

그러니 거기까진 기대할 수 없다. 하지만 고작 그것뿐임에도 사람들의 표정엔 열광이 가득했다.

그야말로 OP. 오버 파워 스킬북이 아닌가!

버그나 핵 사용이 불가한 게임에서 버그 유저라 불릴 수 있는 말도 안 되는 스킬북!

얼마나 매력적인가. 나이를 얼마나 먹었든 컨트롤이 얼마나 부족하든 상관없다.

그저 돈만 바르면 된다. 바를수록 강해지고 제아무리 컨트롤 좋은 유저도 압도적인 힘으로 찍어 누를 수 있다.

여기 모인 부자들은 거의 다 비슷한 생각을 갖고 있기에 열기가 더해졌다.

단순히 사회적 이슈를 떠나 개인의 꿈까지 이룰 수 있는데 썩어 넘치는 돈 따위야.

"경매를 이어가겠습니다."

20분짜리 영상이었을 뿐이다. 하나 20분 전과 지금의 경매장 분위기는, 세계에서 이름을 내로라하는 경매 진행자조차도 긴장할 만큼 후끈 달아올라 있었다.

경매가 재개됐다.

"완전 개사기 아냐? 저거?"

"이름부터 이미 예상되지 않았어?"

"그래도! 그거랑 직접 보는 거랑은 완전 다르네. 우와, 진짜 어떻게 저러지? 생각만으로 마법이 나가면 그걸 어떻게 막아?"

"맞아야지, 뭐. 감으로 피하거나."

"에엑? 그걸 어떻게 해. 설아 언니나 가능한 일이잖아."

한시민이 있는 방도 난리가 났다. 이미 김칫국 한 사발 마신 채 어떻게 활용해야 자신이 가진 스페셜 직업과 가장 큰 효율을 낼 수 있을까 고민하는 강예슬.

혀를 찰 수밖에.

이해는 한다. 동시에 배 아프기도 하다.

'난 빌어먹을 페널티 550% 먹고 개떡 같은 SS급 스킬 두 개 얻었는데. 아니지, 쓸모없기로 따지면 신의 가호도 마찬가지니까 세 개네.'

그랬는데 누구는 돈만으로 아무런 페널티 없이 개사기 스킬을 가져가니. 괜히 배워 없애 버리고 싶은 청개구리 심보가 발동되려던 순간.

"후."

참자, 참아.

누구에게 스킬북이 들어가든 한시민에겐 결코 손해 보는 장사가 아니다. 일단 경매 참여자가 매우 많은 관계로 생각했던 것보다 가격이 높게 책정될 가능성이 높고 강예슬이 말한 대로 이걸 익힌 자가 아주 사기 캐릭터가 된다 한들 그와는 전혀 관련 없는 일일 테니까.

만에 하나, 그럴 일은 없겠지만, 스킬북을 사간 놈이 미친 놈이라 갑자기 리치 영지를 공격해 온다 해도 대처 방법도 존재했고.

'맞고 안 뒤지면 되지.'

예상치 못한 순간에 날아오는 다섯 개의 마법. 대처하는 방법은 사실 두 개다. 감으로 피하거나, 맞거나.

영상 속 대마도사처럼 레벨이 얼마인지 예측조차 안 되는 마족들을 갈기갈기 찢어버리는 마법이라면 모르겠지만 이제 레벨 50을 겨우 넘긴 유저들이 사용하는 마법 따위 한시민은 두렵지 않다.

물론 오늘 이후로 슬슬 마법 저항에 대한 아이템도 맞춰야겠지만.

어쨌든 수다 떠는 사이 경매는 계속 진행되었다.

"13억 나왔습니다. 지금부터는 단위를 억으로 올리겠습니다. 14억, 14억 계십니까?"

"예, 14억 나왔습니다. 15억 가겠습니다."

"……20억 나왔습니다. 2억으로 올리겠습니다."

하늘 높은 줄 모르고 올라가는 가격.

"으헤헤헤헤."

한시민의 입꼬리도 비례해 올라갔다.


4


강예슬의 아빠, 한신그룹 회장에게 이번 경매는 자존심이었다.

"무조건 이겨야 합니다, 무조건!"

"예, 회장님."

딸과의 약속! 그리고 이 자리에 모인 수많은 부자 사이에서 꿇리지 않겠노라 하는 자부심!

"30억 나왔습니다."

"지르세요."

"예, 회장님."

처음엔 조금 무시했었다. 옛 향수도 떠올랐지만 기껏해야 게임 아이템 하나가 얼마나 하겠느냔 생각에. 하나 경매 시작가가 10억임에도 참여 계획 중인 사람이 많다는 이야기에 정신이 들었다.

요즘 게임은 수십 년 전, 그가 하던 PC 온라인 게임이 아니다. 플레이하는 유저만 수천만 명이고 이건 그 사람들 중 최고가 될 가능성을 품은 스킬북.

십행검이 5억이었으니 이건 어쩌면 그 10배는 필요할지도 모른다. 해서 끌어모을 수 있는 현금은 일단 다 끌어왔다. 설마 다 쓰리란 생각은 여전히 없었다.

하지만 인생은 모르는 거니까. 그리고 막상 와서 원하는 물건을 사지 못했을 때 강예슬이 느낄 상실감은 그 역시 게임을 즐겼던 사람으로서 누구보다 잘 아니까.

과소비인 것도 맞고 스킬북이라는 특성상 허공에 돈을 뿌리는 것도 맞지만 꼭 사주리라.

"분위기가 많이 과열됐습니다. 조금 지켜보시는 게 좋을 것 같습니다."

전문적으로 고용한 사람은 노련했다. 당장 끊이지 않을 것 같은 분위기에 한발을 빼는 센스. 군이 함께 뒹굴며 가격을 높이는 건 모두에게 좋지 않다.

"40억 나왔습니다. 42억 나왔습니다. 44억 나왔습니다."

가격은 꾸준히 올랐고 50억에 다다랐을 때, 슬슬 속도가 늦춰졌다.

"회장님, 대략 55억에서 60억 선에서 경매 물품 인수할 수 있을 것 같습니다. 어떻게 하시겠습니까?"

마지노선.

여기 모인 사람들의 한계가 이 정도는 아니지만 대부분 여기까지가 그들이 게임에 투자할 수 있는 최대치.

돈이 많은 만큼 자신들이 정해놓은 선에 대해선 칼 같다. 갖고 싶은 마음은 자신의 자산을 펑펑 써댈 정도로, 50억 이상을 투자할 정도로 매력적이지 않은 것.

해서 물어보는 것이다. 한신그룹 회장은 어떻게 할 것인지, 그가 생각하는 마지노선은 어디인지.

"흠."

회장은 고민했다. 사실 말이 50억이지 이 정도면 게임을 넘어 정말 또 하나의 현실이라 인정해도 될 정도다. 한두 명도 아니고 다섯 정도의 사람이 50억에 스킬북을 구매할 의사를 보였다는 뜻이니까.

게임 아이템 하나에 건물 한 채.

"인수합시다."

"예, 회장님."

돈을 굴리는 사람으로서 이익을 창출하는 사람으로서는 해선 안 될 선택이지만 강예슬의 아빠로 선 회장은 결정을 내렸다.

'딸내미 건물 하나 사줬다 생각하자…….'

속이 쓰린 건 어쩔 수 없다. 아무리 대기업 회장이라 해도 회사 자체가 그의 것은 아니니까. 다만 주어진 돈을 잘 굴려서 개인 자산이 많은 것뿐이다. 그런 그조차도 돈이 빠져나가는 게 느껴질 정도의 금액! 게다가 현금이지 않은가.

"61억. 낙찰되었습니다."

"……수고했습니다."

"회장님도 고생 많으셨습니다."

왠지 모를 상처뿐인 경매는 끝이 났다.

"아빠! 사랑해!"

그나마 달려와 안기는 딸내미에 위안을 삼는다랄까. 회장에게 있어 철부지 강예슬은 61억보다 가치 있는 딸이었다.

"캬, 멋진 분이시네."

그런 그의 진심 어린 사랑을 한시민은 인정했다.

"……."

"……."

덕분에 부자 됐습니다. 감사합니다, 회장님. 61억, 잘 쓰겠습니다.

인성의 한시민이 허리를 숙였다.

돈은 금방 입금됐다. 집을 살 때와는 차원이 다른 금액. 물론 단순 비교해 보면 6배 차이일 뿐이지만 실제로 느껴지는 금액의 차이는 억 소리가 날 정도로 다르다.

11억을 벌었을 땐 '와, 많다' 정도의 느낌이었다면 61억은 좀 무섭다는 느낌이랄까. 현실감도 별로 없다.

"게임 머니도 이렇게 많이 못 모아봤는데……."

하나 한시민은 금방 적응했다.

"뭐, 내가 번 거니까."

떳떳하게 쓰자!

사실 판타스틱 월드 자체로만 놓고 보면 61억이라는 금액이 결코 아깝지 않은 스킬이지 않은가!

이거 하나만 있으면 게임 편하게 할 수 있다. 저레벨이라도 파티에서 손 벌려 환영하고 대형 길드에서 모셔가 이것저것 다 떠다 먹여줄지도 모른다.

그뿐이랴. 그냥 왕국이나 제국에 가서 날 모셔가라 배짱부려도 NPC들이 굽신거릴지도 모른다. 그를 바탕으로 취할 수 있는 이득이야 말할 필요도 없고. 게임이 망하지 않는 한 노력한다면 본전 이상의 것을 뽑을 수도 있다.

"일단은……."

물건부터 건네고. 꼭 해보고 싶었던 걸 해보자!

하루 종일 입꼬리가 내려오지 않는 한시민이 캡슐에 누웠다.


⑤


판타스틱 월드 공식 아이템 거래 중개 사이트에 글을 등록한 모든 골드 판매자에게 문자가 도착했다. 1,000골드, 100골드, 10골드 단위로 파는 대규모 판매자들부터 실버, 쿠퍼 단위로 판매하는 소규모 판매자들까지.

이례 없는 일. 하나 판매자들에겐 손해 보는 문자는 아니었다.

—보유 중인 모든 골드 현 시세 최대한으로 맞춰서 전량 구매합니다. 골드당 12만 원. 판매 의사 있으신 판매자분들은 찍어드린 좌표로 언제든 방문해 주시면 바로 구매하겠습니다.

3개월 구매 실적 1억 이상에게만 부여하는 VVIP 마크를 달고 있는 구매자의 문자! 신뢰하지 않으려 해도 않을 수가 없다.

판매자들은 동요했다. 이건 대체 얼마나 큰손이란 말인가. 그리고 무슨 수작일까? 사재기?

하루가 다르게 골드 구하는 요령을 터득해 나가는 작업장이 늘고 소규모 유저들도 장사를 통해 많은 골드를 버는, 유저 수 2천만 돌파 게임에서 그건 말도 안 되는 소리지만 골드 판매로 먹고사는 이들이 태반이기에 고민할 수밖에 없었다. 어쨌든 단기적으로나마 이런 식으로 골드가 전부 한 명에서 매수된다면 시세는 오를 테니까.

'뭐지? 팔아야 하나?'

'조금 더 갖고 있다가 오르면 팔아?'

전략적 선택이 중요하다. 구매자의 심리를 알 수가 없으니 더더욱 그렇다. 하지만 골드로 먹고사는 사람이 아닌 유저들에겐 해당 사항이 없는 이야기.

"야, 들었냐? 골드 12만 원에 일괄 매입한다는데?"

"좌표 보니까 좀 멀던데. 우리 위치에선 한 1주일 가야 하지 않냐?"

"그건 그렇다. 그래도 10골드 이상 팔면 최소 10만 원 이상 이득인데. 흠."

"난 가서 팔고 오련다."

"아, 뭐야. 그럼 가는 김에 같이 가. 여행하는 셈 치지, 뭐."

현재 골드 시세는 11만 원 선. 한껏 치솟아 올라 11만 3천 원대까지 갔던 시기가 있지만 유저의 증가와 작업장들의 효율적인 골드 수급을 통해 시세가 차차 내려가는 추세였다.

게다가 며칠 전부터 큰손들이 경매에 걸린 아이템 하나를 사겠노라 동여매고 있던 골드들까지 시장에 풀어버렸기에 시세는 더 가파르게 내려가고 있었다.

그런데 12만 원이라니. 한두 푼도 아니고 무려 만 원이나 차이가 난다. 어떤 미친놈이 그렇게 사는지 몰라도 유저들에겐 무조건 가야 하는 장사!

"전 재산 팔고 치킨 먹어야지."

"어차피 여기 질리던 참인데 그쪽 왕국 가서 사냥해야겠다."

"아인 왕국이 요즘 핫 하다지?"

"메인 퀘스트도 그쪽은 벌써 2막 시작했다던데."

이슈가 되고 입에 오르내리면 화제가 된다. 사람들은 어떤 이유에서든 망설이던 마음을 확신으로 돌렸고 생각보다 많은 사람이 리치 영지로 향했다. 한시민이 있는 곳. 그곳으로.

"에라, 모르겠다. 일단 팔고 보자."

"안 그래도 요즘 손님이 별로 없었는데. 이때 아니면 또 언제 팔아."

"오를지 말지도 모르겠고 쌓아둔 거부터 팔고 생각하자."

그러자 작업장들 역시 움직였다. 아무리 생각해도 놓치고 싶지 않은 기회인 건 변치 않는 진실이니까.

제아무리 홀로 골드를 사재기한다 한들 대륙의 모든 유저가 갖다가 팔지 않는 이상 하락하던 추세의 골드 시세가 영구적으로 오를 리는 없다.

무엇보다 백, 천 단위로 골드를 굴리는 작업장에겐 단순히 1~2만 원 이득이 아니지 않은가. 꽁쳐 둔다 해도 한 번에 팔리리란 보장도 없다.

'다른 놈들도 꽁쳐 둘 테고.'

나 하나쯤이야.

바야흐로 대륙의 민족 대이동이었다.

"빰빠바바밤! 빰빠바바밤! 시민 님께서 입장하십니다. 부대

차렷!"

"……그런 이상한 건 어디서 배웠냐."

"내 친구들이 만날 휴가 나오면 쓰던데?"

"너한테 친구도 있었어?"

"……오빠, 진짜 한 대 맞을래?"

"사양할게."

리치 영지 광장. 거대한 분수가 지어지고 잔디가 깔리기 시작한 장소에 한시민이 등장하자 강예슬이 호들갑스럽게 맞이했다. 그 과정에서 정현수가 옆에서 비아냥댔지만 이미 마음은 한시민 손에 들린 스킬북에 가 있는 강예슬에겐 어림도 없는 도발!

"아버님께 감사 인사는 드렸냐."

"당근이지. 스무 살 이후엔 볼에 뽀뽀 안 해줬었는데 뽀뽀도 해주고 데이트도 하다 왔다고!"

"그건 좀 벌칙 같은데."

"오빠도 원하면 얼마든지 말해. 오빠한텐 더 진한 것도 해줄 마음 있으니까."

"됐네요."

너무 들떴네. 쯧쯧.

이해는 하지만 저런 모습을 보니 괜히 또 배가 아프다. 화장실 갈 때 마음하고 나올 때 마음이 다른 것과 같은 이치랄까. 통장에 돈이 꽂히고 나니 이제는 스킬북을 떠나보내기가 너무 아깝다.

"자, 잘 써."

"헤헤, 고마워."

"나도 고마워. 드디어 부자가 되는구나."

하나 먹고 쨀 순 없는 노릇이니 쿨하게 넘겼다. 아무렇지 않은 척. 괜히 더 들고 있으면 속만 쓰리니 빠르게 건넸다.

"우와와와!"

"그렇게 좋아?"

"응, 언니. 나 완전 세지겠다. 그치?"

"빨리 익혀봐."

정설아가 그녀의 머리를 쓰다듬으며 어리광을 받아주었다. 부럽지만 길드를 운영하는 그녀의 입장에선 아주 좋은 일이다. 셋이서 하는 사냥에 한계를 돌파할 아주 좋은 스킬이고 그걸 길드의 지원 없이 홀로 구해온 강예슬은 백번 칭찬해도 모자랄 인재니까. 그전에 가족 같은 아이기도 하고.

팟―

"……배웠어."

그렇게 한참을 뛰어다니던 강예슬의 손에 들린 스킬북이 사라졌다.

습득.

한때 대륙의 다섯 전설 중 하나였던 대마도사의 비기가 제자가 아닌 타락한 대마도사의 후손에게 전해지는 순간! 그 부분은 마음에 들었다.

"아직은 별 느낌이 없는데?"

"마법을 써야 알지."

"써볼까?"

강예슬의 시선이 정현수에게 향했다.

"야야, 왜 날 봐."

"오빠가 탱커잖아."

"맷집은 나보다 저놈이 더 세다고."

"에이, 시민 오빠는 강화사인데 무슨. 쓸게?"

61억짜리 스킬북을 팔아준 은인에겐 지팡이 끝도 돌리지 않는 예의범절을 갖춘 강예슬의 태도에 한시민이 만족스레 고개를 끄덕인다.

그래, 그렇게 돕고 살아야지. 암.

정현수가 허탈해하는 사이 강예슬의 입에서 단어들이 흘러나온다.

"쇠약, 저주, 속박……."

빠르게 뱉어지는 것만으로 기존의 틀은 파괴하는 셈. 하지만 놀라운 일은 그보다 먼저 벌어졌다.

파파팟―

"……!"

단어들이 채 말해지기도 전에 걸리는 다섯 개의 마법.

정현수의 눈이 크게 뜨였다. 말로 듣는 것과 직접 보는 게 다르듯 직접 보는 것과 경험해 보는 것은 또 다른 차원의 느낌!

"……미쳤다."

정현수가 한마디로 지금의 심정을 표현했다. 순간적으로 다섯 개의 마법이 날아왔다.

이걸 어떻게 막아.

물론 공격 마법일 경우 생성되고 날아오는 과정이 있기에 피할 방법이 존재하겠지만 강예슬의 마법은 다르다. 즉발성 제어기! 기존엔 영창 하는 것이나 주문을 외는 것을 보고 피하거나 견제하면 되었지만 지금은 그도 힘들게 되었다.

그뿐만이 아니다.

"예슬아, 거기에 공격 마법도 섞어 쓰면 훨씬 효율적일 것 같아."

"응, 언니."

그녀의 직업은 스페셜 등급의 어둠의 대마도사!

암흑 계열의 마법에 저주 마법이 많을 뿐 저주밖에 걸지 못하는 마법사는 아니다. 당연히 공격 마법 또한 존재한다.

만약 정설아의 말대로 저주와 공격 마법이 동시에 날아온다면? 피하고 싶어도 저주 때문에 반응이 느려질 수밖에 없다.

"……."

정현수와 정설아, 그리고 한시민마저 결코 61억이라는 돈이 아깝지 않은 스킬이라는 걸 인정했다. 이거면 PVP는 말할 것도 없고 사냥에서 지금보다 훨씬 빠른 속도를 얻을 수 있다.

"대박이다."

게다가 유니크 등급 이상의 50레벨 제한 무기, 방어구까지 모두 11강 한 상태가 아닌가!

"언니, 사냥 가자."

"예슬이가 사냥을 가자고 하다니. 세상 말세네, 말세야."

"그래 봤자 며칠 가겠어요?"

"어허! 오빠들, 그런 섭섭한 소리는 하지 말자고. 난 지금 우리 아빠의 사랑을 듬뿍 받은 상태라 의욕이 충만하니까!"

"예예, 어련하시겠습니까."

틀린 말도 아니다. 누구라도 61억짜리 스킬을 얻었다면 당장 사냥을 통해 강함을 증명하고 싶어 하는 건 당연한 이치니까. 강화된 장비들까지 더해진다면 몇 달간 했던 잊히지도 않는 노가다는 금방 사라질 것이다.

"고고싱! 한 80레벨 사냥터 가도 되지 않을까?"

"그래, 우선 가 보자."

정설아가 피식 웃었다.

어쨌든 나쁜 징조는 아니다. 어차피 숲의 몬스터들은 메인 퀘스트를 위해 잡아야 하고 또 얼마나 걸릴지 모르는 숲의 지배자 찾기엔 자연스럽게 사냥이 뒤따를 테니까.

스펙을 업 한 김에 사냥도 하며 유저들에겐 미지의 영역인 음침한 숲의 정보를 모으는 것도 모두 귀중한 자산이 될 것이다.

"시민 씨는 여기 계실 거예요?"

가는 김에 기대 가득한 눈빛으로 정설아가 물었다.

함께하고 싶어 하는 눈치. 축복의 반지를 핑계로 데리고 가도 되지만 사냥보단 퀘스트가 목적이기에 한시민이 원치 않으면 함께할 수 없다.

"먼저 가 계세요. 전 해야 할 일이 좀 있어서. 이거만 해결하고 가서 도와드릴게요."

"아! 감사합니다."

눈앞에서 저런 미녀가 원하는데 어찌 거절한단 말인가!

한시민이 헤벌쭉하며 고개를 끄덕였다.

골드 구입하고 나면 할 것도 없는데 따라가서 토끼들이나 소소하게 키우면서 노후를 즐기지 뭐.

61억에서 나오는 여유는 결코 만만치 않았다.

스페셜리스트가 떠나고 한시민이 영주성으로 들어가 드러누웠다.

"골드를 좀 구입해 볼까."

빌어먹을 알 자식. 내가 절대 일부러 싸움을 피한 게 아니라는 걸 혹독히 보여주마.

6

유저들이 하나둘 리치 영지에 도착하기 시작했다. 대부분 골드 장사꾼들!

한시민은 그들을 상대로 말한 바를 지켰다.

"10골드시네요. 인수하겠습니다."

"감사합니다!"

"아, 오셔서 심심하실 텐데 좀 쉬면서 주변 사냥터도 둘러보고 그러세요. 여기 터가 무지 좋아서 앵벌이 하기 딱이거든요."

"아, 예……."

골드 구입과 영지 홍보.

유저들은 굳이 한시민의 말을 따르지는 않았다. 하지만 긴 여행으로 쌓인 여독에 영지 내에서 무엇보다 우선시되어 지어진 새로운 호텔에 머무는 이들이 생겼다.

"호오, 게임에 현대식 호텔이라."

"어서 오십시오, 손님."

"헉! 이런 파격적인 복장이라니!"

거기다 현실에서는 사회적인 시선 때문에 불가능한 직원들의 파격적인 의상! 남녀 공평하게 직원을 채용하였기에 어느 한쪽이 불만을 느낄 필요도 없다. 현대적이면서 동시에 판타지적 요소를 느낄 수 있는 호텔!

"마치 숲에서 자는 거 같아……."

"이런 호텔이라니. 대박 치겠는데?"

당연히 유저들은 관심을 가졌다. 비싼 방값은 그들이 느끼는 새로움에 비하면 전혀 아까운 게 아니었다. 자연스레 하룻밤을 머문 그들은 영지 주변을 둘러보기 시작했다.

기대가 되니까. 뭐가 있을 것만 같다.

'여기는 다르다.'

신선함, 특이함. 두 가지만으로도 더 없는 참신함을 느낀다는 것에 중점을 두었다.

유저가 운영하는 영지! 이런 매력이 있구나!

그래 봐야 게임이고 게임에서 땅 따먹기 수준으로 운영하리란 생각뿐이었는데, 과연 이런 식으로 이끌어 나간다면 현실과 게임의 경계를 뛰어넘어 보다 혁신적인 이익을 창출할 수도 있겠구나!

그렇게 생각한 순간 그들은 빠져 버렸다. 냄새를 맡은 것이다. 평생 골드를 팔던 이들이니 더 쉽게 맡을 수밖에 없다. 특히 요즘은 먹고살고자 후각을 한껏 끌어올린 상태!

'투자하고 싶다.'

그런 심리를 한시민은 아주 깊숙이 찔렀다.

"영지 분양합니다! 자자, 선착순! 한번 둘러보시고 천천히 결정하시죠!"

물론 가격은 가벼울 리가 없었다.

제국 수도보다 평당 가격이 비싸다!

그 뒤로 영지에 방문하는 모든 골드 판매자에게 그 소식이 전해졌다.


한시민이 알과 전쟁하기로 마음을 돌린 이유는 하나다.

여유!

61억이라는 큰돈을 하나의 아이템으로 벌었다는 그 작은 이유.

당장 그 돈을 굴리며 노후를 준비할 만큼 급하지 않고 또 그가 생각하기에 판타스틱 월드는 유저들에게 시작 단계라는 것 때문.

'투자해도 돼.'

어차피 그의 돈이 아니었다. 시작할 때부터 그의 돈이었던 건 아무것도 없었다. 모두 사고를 통해 얻은 능력으로 번 것들! 빈털터리로 엄마한테 쫓겨나던 그 시절을 항상 잊지 않는 한시민에겐 과한 욕심은 존재하지 않는다. 해서 투자하는 것이다. 언젠가 한 번쯤은 해보고 싶었던 돈지랄을 이런 식으로 구현하며.

"와……."

한데 기세 좋게 골드를 잔뜩 사긴 했지만 막상 사고 나니 아까운 마음은 별수 없었다. 1주일 만에 벌써 12억을 썼으니 말 다한 셈. 집보다 골드를 구입하는 데 더 많은 금액을 사용한 것이다.

벌써 1만 골드. 주머니를 열어볼 때마다 손이 떨릴 정도의 거금이지만 또 그래도 61억이라는 돈을 만져 봤다고 제법 무덤덤한 척까지는 할 수 있었다.

"후, 이제 슬슬 시작해 볼까."

영지 내엔 여전히 수많은 유저가 관광하고 주변을 돌아다니고 있었다. 너무 비싼 가격에 투자하기 주저하는 사람이 대부분이었지만 이런 식으로 매출을 올리는 것만으로도 영지가 발전하는 좋은 길이기에 뿌듯한 상황! 슬슬 골드를 팔겠다는 사람들의 발걸음이 뜸해지기에 알과의 전쟁을 시작하기로 했다.

"자, 누가 이기나 해보자고."

그가 방송을 켰다. 이번 시청료는 2만 원. 지난번보다 무려 2배가 올랐다. 하지만 한시민은 결코 비싸다 생각하지 않았다.

'볼 사람은 보겠지.'

애초에 캡슐 값만 생각해도 한 시간 게임을 즐기려면 그 정도 비용은 내야 한다. 거기다 나름 최상위라 자부하는 유저들조차 지루하게 하루 종일 사냥하는 모습만 보여주는 것과 달리 그는 매 방송이 흥미로운 내용뿐이지 않은가! 무엇보다 이제 방송을 통해 버는 돈은 부수입이라는 생각이 확실하게 박혔기에 가능한 일.

방송을 켜고 여느 때와 마찬가지로 채팅창을 끈 뒤 알을 꺼내 들었다.

시작해 볼까. 얼마나 대단한 놈이 나오는지 한번 봐야겠어.

산더미처럼 쌓인 골드들이 가죽 주머니에서 쏟아져 내렸다.


7


한시민의 방송은 이제 하나의 콘셉트 방송으로 자리 잡았다. 고작 두 번뿐이지만 이만한 이펙트를 보인 유저는 방송하는 수많은 사람 중 손에 꼽을 정도였으니까. 해서 사람들은 돈 쓰길 마다하지 않았다. 2만 원이라는 어이없는 가격임에도.


─오늘은 뭐지?

─골드 먹방? 뭐 지르려고 그러나?

　─이 사람은 보통 강화하는 방송 아닌가?

　─님들 모르는 소리 마셈. 이 사람이 저번 방송에서 상자 까다 나온 스킬북 이번에 61억에 거래됐잖슴.

　─헐, 대박. 그래서 지르는 거임? 그 돈 그대로?

　─미쳤음? 설마 다 지르려고. 그냥 몇천 정도 쓰지 않을까 싶은데.

　해서 유저들은 입장료에 대한 불만 대신 오늘의 콘텐츠는 무엇일지 서로 추리하기 바빴다.

　그러던 차에 몇몇 유저가 놀라운 사실을 전달했다.

　─저 이번에 골드 팔러 갔었는데 이분 만남. 리치 영지? 여기가 이분 영지라던데. 아마 유저 최초로 귀족 딴 거 같았음. 영지 내에 현대식 호텔도 짓고 땅도 분양하고 하던데. 아, 그게 중요한 건 아니고 이번에 구매한 골드가 얼핏 듣기론 만 골드 정도 된다고 함.

　─헐, 만 골드면 10억?

　─ㄴㄴ 12억.

　─그걸 어디다 씀? 만 골드나 먹방 할 게 판타스틱 월드에 있긴 한가.

판월에 비밀은 없다. 유저들의 기대는 점점 커졌다.

동시에 한시민이 알을 꺼냈다. 꺼낸 뒤 카메라 앵글이 바닥으로 향했다. 골드가 수북이 쌓여 있는 그곳으로.

―……저기 혹시 내가 잘못 보고 있는 거 아니죠?

―내 눈에도 골드로 보임

―와, 저게 얼마야.

―1골드, 5골드, 10골드, 50골드, 100골드짜리 다 섞여 있는 거 같은데.

―만 골드 그거 진짜인 듯.

더 놀랄 일은 그때부터 시작이었다.

"후."

옅은 한숨을 내쉬는 한시민. 그리고 1골드짜리 동전을 집어 들어 알에 들이민다.

팟―

사라지는 동전!

―엥?

―뭐야, 알이 동전 처먹은 거임?

―……설마, 그래서 골드 먹방?

-아니, 알이 골드를 처먹는 걸 방송한다고?

-ㅋㅋㅋㅋㅋㅋㅋㅋㅋㅋㅋㅋ뭐야, 이거. 어이없네.


어이가 없을 수밖에 없다. 세상에 누가 이런 상황에서 평정심을 유지한단 말인가.

석유 부자들이 가끔 금으로 만든 차를 탄다거나 수억 대의 스포츠카를 모으는 취미가 있다는 정도는 들어서 알고 있지만 그거랑 이거랑은 완전히 다른 개념의 취미잖아!

적어도 그건 사회적인 통념에서 내 부를 과시할 수 있고 세상에 몇 개 없는 것들을 수집하며 재테크까지 노려볼 수 있는 기회라 쳐도 이건 뭔가!

그사이 1골드짜리 동전은 계속해서 알로 흡입됐다. 방송을 보는 사람 중 멘탈이 멀쩡한 사람은 별로 없었다.


-대체 왜 먹이는 거야?

-눈앞에서 12만 원씩 계속 사라진다.

-여러분! 하늘에서 돈이 쏟아져요!

-나만 죽을 순 없지. 홍보하고 온다.


예전에 원하는 옵션을 띄울 때까지 캐시를 지르는 유명한 방송이 있긴 했다. 띄우고 나서 팔아도 지른 값만큼이 나오지 않는 적자 방송. 그걸 보며 유저들은 고통받는 방송 주인의 표정에 기뻐하고 자신은 지르지 못하는 걸 지르는 것에 대한 대리 만족을 느끼곤 했지만 지금 알에 골드를 먹이는 건 그 수준을 뛰어넘는 무언가다.

—저기 제발 왜 돈을 먹이는지 설명이라도 좀.
—대체 왜! 왜냐고!
—그렇게 쓸 거면 나 달라는 말 안 할게. 제발 그냥 아프리카에 기부해.
—으악! 돈이 사라진다! 골드가 증발한다!

그러면서 희한하게 방송을 나가는 유저는 없었다.
입장료 2만 원의 위엄. 아깝진 않지만 냈으니 중간에 나가는 건 아니다.
발암이지만 끝까지 보리라!
그런 생각은 차차 유저들의 마음가짐을 다르게 만들었다.

—뭔가 있으니까 먹이겠지?
—알에 골드를 먹이는 이유. 뭘까?
—뭐긴, 부화시키려고 그러는 거 아닌가?
—……대체 얼마나 대단한 게 있으면 골드를 처먹고 부화함?

-최소 드래곤 나오는 거 아님?

-드래곤도 저 정도 처먹으면 장로급은 나와야 할 듯.

추측이 난무하는 채팅창.

그러는 사이 알이 처먹은 금액이 어느덧 100골드가 넘어갔다.

동시에.

"후."

짧은 한숨을 한 번 더 내뱉은 한시민이 자리에서 일어났다.

"이 개색……."

죽일까.

표정은 태연하지만 속으론 부글부글 끓고 있다.

아니, 대체 얼마를 처먹으려고 아직까지 아무런 반응이 없지? 벌써 100골드, 현금으로 천만 원이 넘는 돈을 처먹었으면서?

하나 선택지가 없다. 이미 먹이기 시작했지 않은가. 게다가 최악의 상황까지 고려해 1만 골드를 모았다. 아직까진 이 금액을 다 쓰리란 생각은 들지 않았지만 왠지 모르게 오한이 들었다. 그리고 오기도 생겼다.

"그래, 누가 이기나 해보자."

한시민은 시작하지 않았으면 않았지 중도에 포기를 모르는 남자다.

일어난 그가 바닥 가득한 골드를 한 주먹 움켜쥐었다. 얼마인지 가늠조차 되지 않는 금액. 여러 동전이 섞여 있으니 아마 수십 골드일 수도 있고 수백 골드일 수도 있다. 그걸 그대로 먹였다.

팟-

그러자 부르르 떨리는 알.

"......!"

처음으로 보인 반응!

한시민의 안색이 밝아졌다. 한 번에 수천만 원이 증발했다는 현실감 없는 이야기 따위보다 그래도 이 알이 골드를 처먹고 또 처먹더니 어느 정도 수준이 되어선 움직임을 보인다는 것 자체에 의미를 두기로 했다.

그래! 조금만 더 먹이면 돼.

한 주먹 더 쥐었다.

부르르르!

이번엔 좀 더 격동적인 움직임이었다.

마치 만족스럽다는 걸 몸소 표현하려는 느낌!

난 이제 조금만 더 먹으면 된다! 더 달라! 더 줘!

"……빌어먹을 자식."

돈 좋은 건 알아가지고.

여전히 골드는 쌓여 있지만 주먹으로 퍼다 나르면 이야기는 달라진다. 결국 총량은 1만 골드. 몇 번 오가다 보면 눈에 띄게 줄 테고 결국엔…….

'아냐, 시민아. 안 좋은 생각하지 말자. 아무리 그래도 그렇지 그렇게 돼지 새끼일 리가 없어.'

그렇지, 알아? 난 너만 믿는다.

희망과 함께 골드를 계속해서 먹였다.

부르르르르!

팟—

한 번, 두 번, 세 번.

처음이 어렵지 금전 감각을 상실한 순간부터 한시민의 손은 너무나 자연스럽게 알에 골드를 먹이기 시작했다.

체념한 걸까?

어쩌면 그럴지도 모른다. 하지만 그보다 중요한 문제가 골드를 투여하면서 느껴졌기에 어쩔 수 없었다.

최악의 상황!

'이걸 다 먹였는데도 부화하지 않는다면?'

시작할 땐 감히 상상하기도 싫어서 애써 무시했던 문제. 하나 골드 덩어리가 반쯤 사라져 버린 이상 더 이상 묵과할 수 없는 현실이었다.

"젠장."

그러면 어떻게 해야 하지? 골드를 더 구매해서 먹여야 하나? 아무리 그래도 그건 너무 큰 도박인데…….

고민과 비례해 골드를 먹이는 손이 다급해졌다.

그런 주인의 다급함을 느낀 것일까.

쩌적.

"응?"

아주 미세하지만 한시민이 그토록 듣고 싶어 했던 소리가 들려왔다.

-뭐야? 방금 깨지는 소리 난 거임?

-나도 들은 거 같음. 쩌적 하고 소리 난 거 같은데.

-와, 진심으로 골드 처먹고 부화하는 거? 뭐 저딴 알이 다 있음?

-진짜 안에 뭐 들었는지 내 눈으로 꼭 보고 잔다.

현재 시각 새벽 4시 45분. 한시민이야 현실 감각 없이 밤낮으로 게임한다고 쳐도 방송을 보고 있는 유저 대부분은 일상이 있고 내일 출근해야 하는 평범한 사람들이다. 그럼에도 보는 것만으로 잠이 솔솔 오는 반복 행동을 보는 인원이 9천 명. 거기에 알이 부화할지도 모른다는 소식에 인원은 점점 더 늘고 있었다. 대부분은 무엇이 나올지 궁금한 유저들이었다. 혹시 저번처럼 대박 스킬북이 나올까 확인하러 온 사람들도 있었다.

단순 방송만으로 2억이 넘는 돈을 벌어들인 한시민이 아주 미약하게 금이 간 알을 유심히 살펴보더니 이내 결단을 내렸다.

"그래, 시바. 남자 한 번 죽지 두 번 죽겠냐."

결연한 눈빛. 사고라도 칠 듯한 표정.


─뭐 하려고?

─저거 금 간 곳 깨려는 건 아니겠지?

─설마.

─근데 금이 갔다는 건 부활한다는 뜻 아님? 그냥 깨도 될 거 같은데.

─나라도 돈 저만큼 처먹였으면 이제 그냥 깨고 싶겠다.


그러면 안 될 것 같은 느낌이 물씬 풍기면서도 한시민의 심정을 이해하는 유저들. 처음부터 방송을 본 자들이라면 알기 때문이다.

저 고통. 착잡함.

담배도 아니고 뻐끔뻐끔 타들어 가는 골드!

하나 한시민은 유저들의 예상을 깼다. 그는 그렇게 무모한 짓을 할 사람이 아니다.

혹시라도 억지로 깨려 시도했다가 안에 내용물이 죽어버리기라도 한다면? 알을 부화하는 게 꼭 '골드를 먹인다'라는 조건을 충족시켜야 하는 것이라면?

일반 날달걀이라면 어느 정도 하다가 그냥 깨버리고 짱이면 그러려니 하고 말겠지만, 지금 이건 온갖 개고생을 해서 얻어 낸 뒤 개고생해서 강화하고 또 뼈를 깎아내며 부화시키려는 아이템이다. 남의 것처럼 그렇게 쉽게 생각할 수 없다는 뜻.

해서 그의 다짐은 안전빵. 그러면서도 간, 쓸개를 전부 내어줄 각오를 해야만 할 수 있는 것이었다.

"에잇!"

　

―……!

―……!

―미친놈…….

순간 채팅창이 얼었다. 한시민이 내던진 알 때문에.

그냥 내던진 것도 아니다. 반쯤 남은 골드 무더기에 던졌다. 벌어질 일이야 굳이 예상하지 않아도 눈에 보였다.

파파파파파파파파팟—

수많은 이펙트가 튄다. 진홍빛이 사방으로 흩날린다.

쩌저저저저저적!

그리고, 갈기갈기 찢어지는 균열.

알이 깨졌다.

동시에 유저들은 보았다.


[시청 조건이 변경됩니다. 시청 금액: 100$]


⑧


부들부들!

알이 깨지며 진동한다.

만족? 희열? 포만감?

무엇이든 분명한 건 확실한 변화가 시작되었다는 것!

한시민의 몸 역시 떨렸다.

"이런 개 같은……."

미친! 시바! 젠장!

그가 아는 욕은 전부 입 밖으로 튀어 나온다. 그럴 수밖에 없다.

그래, 잠깐 정신이 나갔다는 건 인정한다. 변화가 일어난다는 것에 도취되어, 그리고 혹여 모든 돈을 다 쓰고도 원하는 부화를 이끌어 내지 못할까 두려워 충동적으로 행동했던 건 맞다. 맞는데!

"⋯⋯그걸 결국 다 처먹었네."

골드를 전부 처먹을 줄이야 누가 알았겠나. 양심이 있으면 좀 먹다가 말 줄 알았지.

"⋯⋯."

바닥에 굴러다니는 골드는 동전 하나가 전부였다. 100골드짜리. 그가 가지고 있던 전 재산이 10,100 골드였음을 생각해 보면 알이 깨지는 데 무려 1만 골드가 필요했던 것!

"이거 만든 새끼 어떤 새끼인지 몰라도 벼락 처맞고 뒤졌으면 좋겠다."

하늘을 보며 중얼거렸다. 허탈함이 몰려왔지만 이렇게나마 저주를 거는 게 그가 할 수 있는 전부였다.

빌어먹을 베타고 놈년. 언젠가 고글사에 갈 날이 온다면 꼭 베타고 본체는 한 번 걷어차고야 만다.

"후."

그래도 결국 부화했다. 진홍빛으로 빛나던 알! 수천, 수만,

수십만 갈래로 갈라진 껍데기가 떨어져 나가자 그토록 단단히 지키던 내부가 만천하에 드러났다.

아쉬운 건 아쉬운 거고 챙길 건 챙기자.

한시민의 눈빛이 빛났다.

무려 1만 골드, 12억짜리 생명체다. 뭐든 본전 뽑을 때까지 굴리고 굴리리라.

그런 눈빛을 느낀 것일까. 깨진 알 사이로 초롱초롱한 눈빛을 들이미는 작은 생명체가 눈에 띄게 움찔하는 게 느껴진다.

"걱정 마. 안 잡아먹어."

마주치는 두 눈빛.

애써 입꼬리를 말아 올리며 친절하게 대답해 주었다.

절대 잡아먹는 일 따윈 없지, 암. 아무리 돈을 많이 벌고 사치해 보고 싶다 한들 12억짜리 한 끼 식사라니.

알을 향해 손을 뻗었다. 그리고 안에 있는 생명체를 꺼내 들었다.

"삐애애······."

한시민의 손에 담긴 생명체가 불안한 눈빛으로 주변을 둘러보며 옅은 울음을 흘렸다. 뭇 사람들의 심금을 울리고 귀여움 샘을 자극하는 절정의 소리!

생김새도 아기 새 크기에 곱디고운 황금빛 털이 찬란하게 빛나며 자신의 귀여움을 마음껏 뽐내고 있다. 지켜주고 안아주고 싶은 비주얼!

"닥쳐."

"……빼애애."

하지만 한시민에겐 통하지 않는 미모였다. 그에게 있어 중요한 건 효율과 쓸모! 곧바로 호구조사부터 들어갔다.


**[+15 황금 헤츨링]**

　* 등급: Epic Legendary

　* 레벨: 1

　* 스탯

　　−힘(1) 민첩(1) 마력(1)

　* 스킬

　　−골드 성장(SS), 골드 버프(SS), 골드 서포트(SS)


"……뭐야, 이건."

조촐한 정보. 하지만 결코 조촐하지 않은 스킬들.

순간 안고 있던 작은 새를 보았다. 여전히 초롱초롱한 눈빛으로 그의 팔에 얼굴을 비비고 있는 녀석.

"야, 너 뭐야."

"빼애액?"

"너 진짜 드래곤이야?"

"삐액!"

맞다는 거야 아니라는 거야. 무슨 12억짜리 몬스터가 주인하고 대화도 안 통해.

어이없었지만 아까처럼 막 대하지는 않았다. 얼핏 레벨과 스탯이 지나다니는 토끼보다 하등 쓸모가 없는 놈처럼 보일지 몰라도 헤츨링이라는 점과 뭔가 있어 보이는 SS급 스킬 3개는 한시민으로 하여금 돈 냄새를 맡게 해주었으니까.

그래, 그래도 12억이나 투자해서 꺼낸 몬스터인데 어딘가 쓸모는 있겠지. 누가 감히, 그리고 어떻게 골드 드래곤의 새끼를 부화시킬 수 있었겠어?

제아무리 제국의 황제였어도 불가능했을지 모른다. 1만 골드라는 게 말이 1만 골드지 정확한 기준을 모르고 있을 땐 밑도 끝도 없이 부어야 하는 부담감이 있고 또 정상적인 사고를 하는 사람이라면 알에다가 골드를 먹일 생각 자체를 하지 않았을 테니까.

해서 알아야 했다. 이 녀석에게 있는 3개의 스킬. 하나같이 골드가 붙어 있어 돈 냄새를 진하게 풍기는 스킬들을 이용할 방법을.

그건 그리 어려운 일이 아니었다. 떠 있는 홀로그램에서 스킬 정보를 눌러보면 쉽게 알 수 있었으니까.

### [골드 성장(SS): Passive]

  * 내용: 위대한 골드 드래곤의 새끼. 성장하기 위해선 영양분이
    필요한 법!
  * 효과: 골드를 흡수하면 레벨과 스탯이 오른다.

### [골드 버프(SS): Passive]

  * 내용: 위대한 골드 드래곤은 마법에 관해선 대륙 누구보다 뛰
    어나다. 주인을 위한 버프를 착용할 수 있다.
  * 효과: 골드를 흡수하면 원하는 버프를 적용받을 수 있다.

### [골드 서포트(SS): Active]

  * 내용: 위대한 골드 드래곤은 마법의 주인! 주인을 위해 강력한
    마법을 시전한다.
  * 효과: 골드를 흡수하면 골드에 비례해 마법을 시전한다.


하늘을 뚫고 치솟던 기대가 내핵까지 추락했다.

"뭐야……."

황당해서 말도 안 나온다.

이걸 스킬이라고 SS급을 붙여놓은 건가? 돈 냄새가 그 돈
냄새가 아니잖아!

"빼애애……."

황금 헤츨링도 심상찮은 분위기에 목을 움츠렸다. 귀엽기 짝이 없는 모습! 하나 한시민의 눈엔 쓸모없는 녀석의 어리광으로밖에 보이지 않았다.

헤츨링을 안고 있던 손에 힘이 풀렸다. 헤츨링이 바닥으로 떨어졌다.

"빼애?"

황금빛 날개를 파닥이는 헤츨링. 그리고 한시민의 다리에 고개를 부비며 애교를 부리지만 가차 없다.

"이런 쓸모없는 녀석."

황금 드래곤의 새끼면 뭐하나. 할 줄 아는 거라곤 골드를 처먹는 것밖에 없는데.

마음 같아선 내다 버리고 싶다. 이 녀석을 데리고 다녀봤자 결국 미래는 저 세 개의 스킬에 골드를 퍼붓고 있는 그의 모습뿐일 테니까.

"하아."

하지만 미워도 새끼라던가. 아무리 마음에 들지 않아도 12억으로 낳은 새끼를 어찌 버리겠는가!

"일단 두고 본다."

"빼애!"

주먹만 한 헤츨링의 이름을 쓴 새를 주워 어깨 위에 올렸다.

"어디 쓸데가 있겠지."

개똥도 있으니 말이야.

한숨과 함께 방송이 종료됐다.

❁

-뭐야, 끝난 거임?

-ㅇㅇ 그런 듯. 뭐 태어났는지 나왔잖아요.

-ㅅㅂ 무슨 마지막에 10만 원이야. 장사 개같이 하네.

-ㅋㅋㅋ 그래 놓고 들어온 사람이 반 넘을걸요?

-궁금한데 어떻게 해. 시바. 거기서 끊다니. 절단마공 새
끼. 부들부들.

-근데 님들 저 좆만 한 새 뭔지 보신 분?

-모르겠음. 그냥 간지 나게 생긴 새 같은데?

-1만 골드라면서요 처먹은 게. 거기서 나온 게 간지 나
는 새?

-드래곤이라도 나올 줄 알았는데.

-PJ가 드래곤이라 하지 않았음?

-PJ는 지금 제정신 아니라서 그렇게 믿고 싶은 거겠지. 무
슨 드래곤이 저래 작아.

-하긴, 10만 원 내긴 했어도 뿌듯하네. 저기서 진짜 드래곤
이라도 나왔으면 배 아팠을 텐데.

—드래곤이었으면 1만 골드라도 안 아깝지. 누가 판타스틱 월드 하면서 드래곤 데리고 다니겠음?

—진심 드래곤이었으면 12억도 안 아까울 듯. 그 돈이 없어서 문제지.

100달러로 입장 조건이 변경되었음에도 방송에 입장한 4천여 명의 유저는 여운을 느끼며 대화를 나누었다.

이미 한시민의 입에서 드래곤이라는 단어가 나왔음에도 믿지 않는 분위기. 그만큼 귀여운 황금빛 새는 작았고 사람들의 상식 속에 담긴 드래곤과는 거리가 먼 생김새였다.

그렇게 한시민의 방송은 알에서 나온 새가 12억이나 처먹고 별 쓸모도 없는 놈이라 입소문 타며 마무리되었다.

9

지난 상자 까기 방송에서 5억, 이번 알 까기 방송에서 6억을 번 한시민은 그래도 안도의 한숨을 내쉴 수 있었다.

"부수입치곤 많이 들어오네."

티끌 모아 태산이라고 입장료 2만 원은 받는 입장에선 부족하고 내는 입장에선 비싸지만 그게 하나의 가치로 인정받고 사람들이 몰려드는 순간 엄청난 수입으로 치환된다.

게다가 다시보기 역시 유료로 설정할 수 있고 방송 화면을 캡처하는 게 불가능해 결제를 해야만 볼 수 있어 판타스틱 월드 채널 이용에 가장 큰 혜택을 보고 있는 유저라 말해도 과언이 아닐 정도!

그렇기에 또다시 골드를 사들일 수 있었다. 뒤늦게 도착하는 판매자들에게서. 처음보단 수량이 많이 떨어졌지만.

"7천 골드……."

방송으로 인한 수입이 없었다면 사는 걸 망설였을지도 모른다. 61억이었던 돈이 49억이 되었고 이번에 또 사면 41억이 되니까. 하지만 오히려 골드를 사고도 52억이 남으니 부담 없이 구입할 수 있었다.

그리고 도전했다.

"난 진짜 돈 모으긴 글렀나 봐."

자책하면서.

자기 자신을 누구보다 잘 알지만 만류할 수가 없다.

어쩌겠나! 다 먹고살자고 하는 짓인 동시에 재미를 느끼기 위해 하는 게임인데. 아무리 돈을 많이 벌어도 재미가 없으면 그 순간 게임은 일이 되어버린다.

하루 서너 시간 하는 것도 아니고 서너 시간 자면서 게임하는 데 그게 일이 되어버린다면?

끔찍하기 그지없겠지.

이런 핑계를 대며 어깨에서 빼액대는 새에게 다시 도박을 시작한다.

"자, 처먹어."

"빼애애액!"

100골드짜리 동전.

이제는 어색하지가 않다. 이 녀석한텐 기본적으로 이 정도는 먹여야 한다는 기준이 생겨 버렸다고나 할까.

입속으로 들어가는 골드.

[골드 포인트(100)를 획득했습니다.]

그리고 나타나는 홀로그램. 무엇을 의미하는지는 이미 열심히 이것저것 확인하며 익혀두었기에 망설이지 않고 헤슬링의 세 개 스킬 중 가운데 것을 열었다.

골드 버프!

그나마 한시민에게 도움이 되는 스킬. 그래 봐야 전부 그의 돈을 통해 올리는 거지만.

"뭐부터 올려볼까나."

수없이 많은 버프 스킬이 등장한다. 포인트를 투자해 수치를 올리면 주인에게 패시브 형태로 적용되는 아주 좋은 시스템! 한시민도 12억짜리 시스템이 아니었다면 기쁜 마음으로 골드를 투자할 수 있었을 것이다.

"우선은……."

가장 먼저 눈이 가는 건 역시 경험치 버프다.

족쇄! 풀 수 없는 인장! 레전더리 직업의 유일이자 가장 치명적인 단점!

550%의 반만 줄일 수 있다면 그때부터라도 다시 힘을 내서 랭킹 경쟁에 뛰어들 수 있지 않을까? 지금 스탯만 해도 이미 랭킹 1등의 것은 아득히 초월한 상태이니.

기대와 함께 경험치 버프 스킬을 찾긴 찾았다. 없는 게 없을 정도이니 찾는 건 어렵지 않았다. 다만.

**[경험치 버프 Lv 1 : 100GP]**
－획득 경험치 +1%

"……."

남들은 돈 주고도 얻지 못할 경험치 아티팩트도 얻고 이번엔 영구 버프 스킬을 획득할 기회마저 생겼다. 하나 왜 이렇게 씁쓸한 걸까.

머뭇거리던 손가락이 이내 다른 곳으로 향했다.

'1%에 100골드면 100%면 1만 골드…….'

100%까지 계속 1%에 100골드로 고정이라는 가정에서다.

그럼 200%를 까는 데 24억이고 550%를 전부 까고 일반인처럼 게임을 시작하려면…….

'그 순간 난 일반인이 아니겠지.'

게임에 그 정도 돈을 투자하느니 캡슐을 파괴하고 남은 돈으로 평생 유유자적 살리라.

"에휴."

대신 그가 못 이룬 꿈을 이뤄줄 대체재를 발견했다.


**[테이밍 몬스터 경험치 버프 Lv1: 100GP]**

-테이밍 몬스터 획득 경험치 +1%


**[테이밍 몬스터 공격력 버프 Lv1: 100GP]**

-테이밍 몬스터 공력력 +1%


그 외에도 수많은 버프가 존재했다. 과연 골드 드래곤! 씁쓸한 손길이 버프 목록을 누볐다.


**10**

한시민이 음침한 숲에 등장했다.

"여기예요!"

"오빠!"

반가운 표정으로 반겨주는 스페셜리스트. 다가가는 한시민의 왼쪽 어깨엔 황금빛 새 한 마리가 함께였다.

"얘가 그 12억짜리 새야?"

"……말도 꺼내지 마. 속 쓰리니까."

"푸하하하. 그래도 보통 새처럼 보이진 않는데? 털도 곱고. 얜 무슨 몬스터래?"

당연히 강예슬은 일단 놀리고 봤다. 61억에 산 스킬북의 기억은 평생 가도 지워지지 않을 고통이니까! 게다가 이럴 때 아니면 언제 한시민을 비웃어 보겠는가! 그의 입에서 좌절이 섞인 한마디를 꼭 듣고야 말겠다.

"얘? 골드 드래곤 새끼."

"그럼 그렇지! 어디 숲에 날아다니던 듣보잡 새…… 엥?"

"이 새가 드래곤 새끼라고."

하나 그의 입에서 나온 말은 예상을 벗어난 말이었다.

"……."

"……."

순간 침묵이 내려앉았다.

그러니까 저 새가, 어깨 위에 앉아 목에 고개를 부비며 애교 부리는 저게 상상 속에서 날아다니고 한 왕국을 브레스만으로 몰락시키는 그 무시무시한 드래곤?

"상상이 맞을 거야."

"……그럴 리가 없어."

"없긴 왜 없어. 여기 있지."

"하."

인상이 절로 찌푸려진다.

어쨌든 그러니까 결과적으로 12억의 끝이 드래곤이라 이거 잖아!

"뭐야, 좋잖아!"

"좋긴 뭐가 좋아."

"드래곤을 펫으로 12억이면 싸게 먹히는 거지!"

"빌어먹을 돼지 새끼는 성장도 골드로 한다고."

"……아, 그래?"

그럼 안 좋은 건가?

강하게 느껴지는 한시민의 고통에 남 일이라고 대충 말하던 강예슬이 멈칫했다.

태어나면 알아서 사냥하고 오크도 구워 먹으면서 크는 게 아니라 거기서 또 돈을 내야 한다고?

그렇게 들으니 조금 안 좋아 보이는 것 같기도 하고.

"그래서 골드 투자했어?"

해서 조심스레 물었다.

은근히 재벌 2세인 그녀나 정씨 둘보다 훨씬 많은 돈을 게임에 투자하는 한시민이다. 실상을 까보면 수전노에 어떻게든 한 푼이라도 더 뜯어내려고 노력하는 한시민이 과연 돈지랄에 가까운 이런 콘텐츠에 골드를 투자했을까? 궁금해지는 상황!

한시민이 똥 씹은 표정으로 고개를 끄덕였다.

"무려 7천 골드나 더 투자했지."

"헉!"

"……7천 골드나요?"

"그런 것치곤 별로 성장한 기미가 안 보이는데?"

"애한텐 안 썼죠. 당연히. 미쳤다고 펫에 투자를 해요?"

테이밍 몬스터를 위해 투자할 뻔한 순간도 있었다. 어차피 한시민 본인의 레벨 업은 이미 물 건너간 상황이고 차라리 펫들이라도 열심히 키워 편하게 살아볼까 싶어서. 하지만 이성을 되찾고 생각해 보니 굳이 그럴 필요가 없다는 사실을 느꼈다.

'내가 왜?'

무슨 이유로? 어차피 써야 할 돈이면 본인이 강해지는 쪽으로 선택하는 게 옳은 게 아닐까? 토끼들이 강해지는 것도 분명 중요하지만 그건 어디까지나 토끼들이 열심히 사냥해서 해결될 문제고 당장 한시민이야말로 성장의 폭이 제한된 셈이니까. 해서 버프를 본인 위주로 선택했다.

**[캐릭터 정보]**

* 이름: 시민

* 직위: 제국의 남작

* 직업: 전설의 레전드 강화사(3차 각성)

* 보조 직업: 전설의 레전드 테이머

* 칭호: 12개

* 레벨: 30(필요 경험치+550%)

* 스탯(0): 힘(269+55) 민첩(261+110) 체력(212+55) 행운
  (233+55) 마력(40+55)

* 스킬: 강화(F), 절대 강화(SS), 레전더리 힐(S), 신의 가호(SS),
  테이밍(SS)

* 보조 옵션

  1. 강화 성공 시 특수 옵션 추가 확률 +33%

  2. 강화 성공 시 일정 확률로 강화 효과 상승 +35%

  3. 강화 성공 확률 +15%

  4. 레전더리 등급 아이템 효과 +10%

  5. 강화 성공 시 진화 확률 +5%

* 골드 버프 효과

  1. 공격력 버프 Lv20 : 공격력 +20%

  2. 방어력 버프 Lv20 : 방어력 +20%

  3. 모든 스탯 버프 Lv1 : 모든 스탯 +1%

레벨 10까지는 100GP, 20까지는 200GP가 들었고 모든 스탯 버프는 레벨 1당 1,000GP가 든다. 창렬스럽기 그지없는 가격에 억 소리가 절로 났지만 효과는 과연이라는 감탄이 절로 나올 정도!

"헐. 공격력, 방어력 20%씩? 모든 스탯도 퍼센트로 오른다고?"

"그거 말고도 버프 많아. 돈이 필요할 뿐."

"……대박이네."

특히 한시민처럼 스탯 위주로 성장하는 캐릭터일 경우 모든 스탯이 퍼센트로 오르는 게 엄청난 이득일 수밖에 없다.

레벨이 낮은 페널티를 극복할 방법! 돈!

"더 빡세게 벌어야지."

물론 한시민의 게임 목표는 최강이 아니다.

최고 부자!

그를 위해 캐릭터의 성장이 필요하다 느껴져 투자하는 것일 뿐.

그건 음침한 숲에서 뼈저리게 느꼈다.

'이제부터 시작인데 여기서 막혀서 빌빌댈 순 없지.'

유저들의 레벨은 아직 낮다. 해서 낮은 아이템을 강화해 팔아도 충분한 돈을 벌 수 있다.

하나 골드 헤츨링이나 축복의 반지, 대륙을 떠들썩하게 만들 아이템들을 강화하기 위해선 현재 유저들의 수준에 맞춘 스펙으로는 불가능하다.

대륙 스케일!

한때 마족들을 물리친 다섯 전설에 필적하는 무력!

그 정도는 있어야 원하는 아이템을 언제든 강화할 수 있다.

그렇기에 이번에 방어구도 업그레이드할 계획을 세웠다. 레벨 제한은 낮지만 등급이 높은 것으로.

"가시죠. 마음먹은 김에 레벨 업도 좀 해야겠어요."

"……네."

스페셜리스트에겐 행운이 찾아왔다. 경험치 매미가 알아서 공짜로 봉사하겠다는데 이런 기회가 또 언제 올까.

음침한 숲에서 된통 당했던 한시민과 스페셜리스트가 이번 엔 토끼들을 몰고 휘젓기 시작했다.

11

켄지 역시 레벨을 채우고 메인 퀘스트를 시작했다.

1위를 빼앗기고 괜히 훼방 놓으러 갔다가 죽는 바람에 한참 벌어진 격차!

속이 쓰렸지만 그는 과거에 얽매여 현재를 포기하는 남자 가 아니다.

'다시 일어서면 돼.'

압도적인 격차는 비록 메우기 힘들지만 그래도 그가 가진 장점은 여전하다.

스페셜리스트와 그의 차이는 어쨌든 셋이 아닌 다른 한 명이 가지고 있는 아티팩트라는 걸 알았지 않은가!

'평생 사냥을 같이하진 않을 거야.'

그랬다면 셋이 아니라 넷이 랭킹에 등재되었겠지.

경험치 페널티라는 실상을 모르는 켄지는 그렇게 판단했다. 해서 희망을 보았다. 이제라도 퀘스트 2막을 시작할 수 있고 아직 퀘스트는 마무리되지 않았다. 이것만으로 충분하다.

"하루 빨리 단서를 찾아주세요."

"네, 길마님. 걱정하지 마시죠."

그의 길드엔 퀘스트만 전담하는 수많은 유저가 존재하고 있었으니까.

실제로 1막 때도 그들 덕분에 누구보다 빠르게 퀘스트를 완료할 수 있었다. 단지 그 당시엔 레벨 랭킹과 현실의 사업 문제가 약간 겹쳐 사막에 미묘한 차이로 도착하지 못했었지만.

이번엔 꼭 놓치지 않으리라.

돈을 더 써 길드원들을 늘려 메인 퀘스트를 진행하는 동시에 사냥도 하는 켄지에게 누군가 찾아왔다.

"여긴 켄지 길드 사냥터입니다. 돌아가 주시면 감사하겠습니다."

"사냥하러 온 게 아닙니다. 길마님을 만나러 왔습니다."

"······아는 분이십니까?"

"아뇨, 길드 랭킹 1위 길마분이시라는 것과 인재에게 돈을 아끼지 않는다는 것 정도는 알고 있습니다."

입구 컷 당했지만 켄지 길드원들은 이를테면 정직원이다. 게임을 플레이하지만 모든 플레이가 고용주를 위해 맞춰진 이들. 당연히 일반 게임에서처럼 권력을 과시하며 심술을 부리지 않고 정중히 고개를 끄덕이며 켄지에게 다가왔다. 그들이 보기에도 진지한 표정에 무언가 있어 보이는 남자이기에.

"길마님, 길마님을 뵙고 싶어 하는 사람이 있습니다. 어떻게 할까요?"

"저를요? 제가 가죠."

켄지 역시 범상치 않은 유저다. 그는 꽤 유명하지만 그렇다고 애먼 사람이 찾을 만큼은 아니다. 이전 랭킹 1위였던 위엄과 길드 랭킹 1위의 길드를 이끄는 길마라는 방패 덕분이랄까. 그럼에도 찾아왔다면 무언가 이유가 있으리라.

"저를 찾으셨다고요?"

"안녕하십니까. 저는 다이노라고 합니다."

"켄지입니다. 한데 무슨 일로······."

"길드에 가입하고 싶습니다."

"……!"

다이노는 직설적이었다.

전설의 대마도사! 한시민에게 내뱉던 그 당당함!

켄지의 표정에 놀라움이 쓰였다.

그의 앞에서 이렇게 당당히 말하는 사람은 별로 없다. 사회적 위치나 이런 것들을 전부 배제하더라도 우선 주변에 대기 중인 수많은 길드원에게 조금은 위축되게 마련이니까. 하지만 다이노는 아니었다.

켄지가 물었다.

"감당하실 수 있으시겠습니까? 저희 길드는 특별합니다."

"전 헬퍼가 아닌 켄지 님의 동료가 되고 싶습니다."

"글쎄요. 전 웬만한 사람이 아니고선……."

"레전더리 등급의 직업이 제 직업입니다."

"……!"

"그리고 켄지 님께서 빚을 진 스페셜리스트, 아니, 시민이라는 유저에게 빚이 있죠."

다이노는 천재다. 산전수전 다 겪은 켄지의 마음속 상처를 정확하게 캐치했다.

하나 그건 양날의 검! 켄지의 평온했던 입가의 미소가 진하게 말려 올라갔다.

숨겨진 본성! 그리고 야성. 그걸 건드렸기에.

"한번 보도록 하지. 그만한 자격이 있는지."

"얼마든지요."

두 남자가 사냥터로 향했다.

12

3레벨.

3일 동안 한시민이 올린 레벨이다. 스페셜리스트가 올린 레벨이 고작 1임을 생각해 보면 감탄이 나올 속도!

"……시댕. 이제 33이네."

하지만 그의 레벨을 아는 이라면 혀를 찰 수밖에 없었다.

"와. 징하다, 징해. 여기 몬스터 레벨이 80은 될 텐데 30레벨이 하루에 1레벨이라니."

"필요 경험치 550%가 크긴 크네요."

"축복의 반지 혜택을 못 받는 것도 더해야지."

거기다 온갖 고난과 역경은 전부 처맞는다고 봐야 한다. 남들은 경험치 보너스 빵빵하게 받아가며 사냥하는데 한시민은 평범하게 사냥하니 될 리가 있나.

그래도 열심히 사냥해 3레벨을 올린 한시민이 돌연 선언했다.

"어디 좀 다녀올게요."

"……어디?"

"제국. 스펙 업 좀 해야겠어. 이왕 이렇게 된 거 한 150레벨 짜리 몬스터 정도는 잡아야 그래도 남들 업 하는 만큼 하지."

"……."

차마 말릴 수가 없었다. 옆에서 지켜본 입장에서 사람이라면 어떻게 말리겠나!

만약 강예슬이 저렇게 고통받으면서 사냥해야 한다면 그녀는 고개를 저었을 것이다. 다른 건 다 참는다고 해도 함께 사냥하는 이들에게 뒤처지는 그 상실감은 말로 표현할 수조차 없을 정도로 비참한 것이니까.

"그럼 메인 퀘스트 열심히 하고 계세요."

"네, 다녀오세요."

"오빠, 올 때 메로나!"

격려를 받으며 한시민이 떠났다.

스페셜리스트 입장에선 다시 레벨 업이 더뎌지는 구간이지만 어차피 가끔 가다 얻는 보너스 정도라 생각하기로 했기에 다시 메인 퀘스트를 위해 움직였다.

"그런데 언니, 스펙 업 하는데 왜 제국으로 가지?"

그러다 문득 든 생각.

강예슬이 아무 생각 없이 내뱉었다. 정현수와 정설아의 발걸음도 멈췄다. 딱히 생각해 보지 않은 문제다. 하나 들으니 궁금하긴 했다.

왜일까?

"......."

"......."

답을 찾진 못했다.

Episode 17.
장인어른 돈이 제 돈이죠

1

한시민이 제국으로 향했다.

오랜만에 가는 제국!

"……진짜 오랜만이네."

느껴지기론 한 1주일 만에 가는 것 같은데 실제로 따지고 보면 근 두 달이 넘어가고 있다.

반복적이고 규칙적인 생활의 폐해! 시간 가는 줄 모르고 날 짜 가는 줄도 모른다.

'이러다 내 나이도 까먹고 젊게 살게 되겠지.'

얼마나 이득인 삶인가!

물론 한편으로는 흘러내리는 눈물을 감추지 못했다. 게임만 하다 연애 한 번 못 해보고 죽는 건 아닐까.

진짜 벌써 스물다섯의 해가 반이나 지나갔다. 여기서 메인 퀘스트다 뭐다 2막을 클리어한다고 떠들썩할 동안 여기저기 돌아다니며 또 돈 나올 구석 없나 살피면 겨울이 올 테고 그러면 스물여섯이 되겠지.

"하아."

그나마 다행인 점은 시간은 하염없이 흐르지만 남는 게 있다는 정도? 남들 대학 다닐 때 제 명의로 된 11억짜리 집 한 채와 통장에 들어 있는 52억! 평생 놀고먹을 정도는 아니지만 남은 인생이 50년이라고 치면 아주 성공적인 출발일 수밖에 없다. 뭘 해도 몇 번은 말아먹을 자본을 확보한 셈이니까.

"그렇다고 사업하진 말아야지."

그러다 망한 사람이 많다는 것쯤은 아주 잘 안다. 어렸을 적 아빠 주변 사람들도 사업으로 좋은 차 끌고 다니다가 하루아침에 돈 빌리러 오는 경우를 많이 봤으니까.

남의 일이 아니었을 수도 있다. 운이 나빴다면 아마 한시민은 청소년기를 따뜻하게 보내는 대신 길바닥에서 밥 빌어먹으며 인생을 일찍 깨우쳤을지도 모른다.

해서 그런 쪽엔 관심을 두지 않았다. 대신 확실한 능력으로 노후를 미리 대비하는 쪽을 택했다.

'게임 망할 때까지 200억은 벌자.'

그러면 앞으로 무슨 게임이 나오든, 혹은 앞으로 모든 게임에서 강화가 폐지된다 한들 적어도 굶어 죽을 일은 생기지 않을 것이다. 어차피 가지고 있는 집도 있고 쓰는 돈이라 해봐야 가끔 먹고 싶은 거 먹고 하루 종일 게임할 때 쓰는 전기세뿐이니까.

그야말로 무릉도원! 일평생 좋아하는 게임만 즐길 수 있는 자유이용권!

"후후후."

그러기 위해선 지금 더 노력해야 한다. 지루하기 짝이 없는 마차에서의 며칠도 견뎌야 하고 하루 4시간 취침하며 한 달간 이어지는 고객들의 사냥에도 템포를 맞춰야 한다. 그런 와중에 해결할 수 있는 불편함은 돈이 조금 들더라도 해결하는 게 좋겠지.

"……너 날 수는 없냐?"

"빼애?"

가장 먼저 떠오른 문제는 역시 탈것이다. 게임을 처음 시작했을 때부터 너무도 현실적인 판타스틱 월드의 매력에 불만을 토로했던 내용.

돈을 내고 마차나 말을 타면 뭐하나. 어디 한번 움직일 때마다 왕복으로 2주씩 걸리는데.

진짜 또 다른 세상이라는 걸 느끼게 해주는 건 좋은데 너무 오래 걸린다.

게다가 명색이 레전더리 등급의 테이머 아닌가!

1주일 거리를 1시간까진 아니어도 하루 정도까진 단축해 줄 멋들어진 탈것은 있어야 하잖아!

마침 눈앞에 마땅한 놈이 있어 불만은 더 심했다.

"너 드래곤이라며. 왜 못 날아?"

"……빼애액."

골드 드래곤!

아니, 아직은 해츨링.

빌어먹을 골드를 많이도 처먹는 놈이지만 어쨌든 태생은 드래곤이 아닌가.

드래곤이라 하면 커다란 덩치에도 불구하고 중력을 무시한 채 고속 비행하는 괴물!

하나 빼액 대는 작은 새를 보면 그러리란 생각이 조금도 들지 않는다.

"성장을 시켜야 하나?"

"빼애!"

가능성을 찾아보자면 이 방법부터 떠오른다.

당연한 것! 사람도 아기 때가 있듯 드래곤도 헤츨링 때가 있는 법일 테니까. 시간이 흐르고 나이를 먹다 보면 덩치도 커지고 날갯짓을 할 수 있으리라. 그때까지 기다리면 한시민은 이런 걱정 자체를 하지 않아도 되겠지.

하지만 그것에 대한 문제는 두 개나 있다.

시간과 돈!

소설에 보면 드래곤은 수만 년을 산다. 인간의 성장에 비유하면 대충 2천 년 정도는 살아야 성인이 된다는 건데 한시민이 그때까지 게임을 할 수 있을까?

그렇게 따지면 차라리 두 번째 문제는 문제가 아닐 수도 있다.

하나 벌써 부화시키는 데만 12억, 버프를 배우는 데만 8억을 쓴 한시민에겐 가장 큰 문제다.

골드 성장! 떡 하니 존재하는 스킬.

불길한 예감은 언제나 빗나간 적이 없다.

"······얼마나 처먹여야 날 수 있을까."

전설 속에 나오는 드래곤의 덩치를 찾으려면 또 얼마나 먹여야 하나. 이거 혹시 브레스 쏘는 데에도 돈 내라는 거 아냐?

"······."

아냐, 시민아. 그런 끔찍한 상상하지 말자. 아직 우리 세상은 그렇게 물들지 않았어.

고개를 젓고 새를 든다.

"빼애! 빼애!"

그래도 은혜를 모르는 배은망덕한 자식은 아닌지 한시민을 아빠로 인식하고 고개를 부비는 게 영 얄밉지만은 않다.

그래, 죽이 되든 밥이 되든 게임 망할 때까지는 부려먹을 놈인데 떡이라도 하나 더 주자.

주머니에서 1골드를 꺼내 내밀었다. 맛있게 처먹는 모습을 보노라니 한숨이 절로 나왔다.

제국의 수도에 도착하자마자 곧장 황궁으로 향했다. 맛집도 좋고, 번화가도 좋고, 도박도 좋고, 그도 아니면 화류계도 좋지만 그것들은 전부 주머니가 두둑할 때나 즐길 수 있는 문화들! 한시민의 주머니엔 현재 100골드도 남아 있지 않았기에 다른 곳으로 눈을 돌릴 틈이 없었다.

그는 하루 빨리 주머니를 채우고 입고 있는 아이템을 업그레이드하고 싶었다.

"어디서 오셨습니까?"

"어허! 내가 누군지 몰라?"

황궁을 지키는 기사에게 언젠가 한 번쯤 해보고 싶었던 갑질을 미스릴 패를 통해 하고 자연스럽게 통과한다. 유저에겐 씨알도 먹히지 않는 그냥 비싸기만 한 패지만 그래도 NPC들에겐 암행어사보다 더 무서운 황제의 패!

오랜만에 들어오는 황실이지만 익숙하게 걸음을 옮긴다. 그래도 나름 한시민에겐 판타스틱 월드 인생의 굴곡점이라 볼 수 있는 장소니까!

"우리 장인어른은 잘 있으려나."

이제는 친근한 황제를 생각하며 미소 짓는다. 동시에 태어나서 처음으로 누군가의 목숨을 살리기 위해 노력했던 순간도 떠오른다.

공주!

"잘 먹고 잘살고 있겠지?"

아무리 게임이지만, 정략결혼이지만 첫 부인이다. 그런 것에 희열을 느끼고 게임에 몰입하는 성격은 아니지만 판타스틱 월드가 워낙 현실감 넘치는 게임이고 실제로 현실보다 더 현실처럼 살아가고 있는 세상이기에 아예 아무렇지 않게 넘어가기도 그렇다.

물론 가장 먼저 저주받았던 그녀의 모습이 떠오르는 건 어쩔 수 없는 문제. 괜한 동정심이 생긴다. 그런 얼굴로 어떻게 살아갈까. 한시민이라면 아빠가 황제라는 이유만으로 떳떳하게 돌아다니며 돈 펑펑 쓰고 살고 싶은 대로 살 수 있겠지만 웬만한 여자, 아니, 사람들은 그러기 힘들다.

만나면 잘해줘야지.

황제의 집무실로 들어가는 발걸음에 기대가 담겼다. 그리고 거대한 문이 열렸을 때.

"엥?"

"왔나."

"오셨어요?"

생각과는 다른 그림에 발걸음이 멈칫했다.


2


넓은 집무실, 근엄한 호위 기사 둘, 그리고 여전히 태산 같은 황제.

여기까진 예전 한시민이 제국에 왔을 때와의 분위기와 다르지 않았다. 하지만 그때와 전혀 다른 한 가지가 끼어 있었다.

"······누구?"

찰랑이는 은빛 머릿결, 또렷한 이목구비, 총명한 눈빛, 깊게 파인 쇄골과 풍성한 드레스. 서구적이면서도 동양적이다. 이런 느낌을 뭐라 표현해야 할까.

'판타지 소설에 나오는 공주라 해야 하나.'

정설아와 비교해도 꿀리지 않을 정도로 미인이다. 특히 현실에선 결코 존재할 수 없는 외모는 아마 취향으로 따지면 눈앞에 보이는 여자에게 표가 더 쏠리지 않을까.

그런 여자가 그런데 왜 황제의 곁에 있는 거지?

"첩?"

"……재미있는 농담이군."

황제의 부인이라기엔 어리다. 상식이 파괴되는 판타지 세상이니 아직 스물도 되지 않았을 법한 여자를 첩으로 들이는 게 그리 이상한 일은 아니겠지만 일밖에 모를 것처럼 생긴 황제가 그러리란 상상은 쉽게 들지 않았으니까. 그렇다고 공주라기엔 황제에게 자식은 하나뿐이라지 않았나.

"누구세요?"

도저히 추리할 수 없어 물었다. 사실 그와는 별 상관이 없는 사람이다. 어쨌든 그는 이미 결혼한 몸이고 용건은 황제에게만 있었으니까. 하나 누구라도 남자라면 한시민과 같은 반응을 보이리라 확신할 수 있었다.

"풉."

"……?"

그런 진지함에 황제의 곁에 있던 여자가 웃었다.

"오랜만에 저 대책 없는 모습을 보니 재미있군, 재밌어."

"아바마마, 아바마마도 처음엔 남작님과 같은 반응을 보이셨잖아요."

"저렇게 얼빠진 얼굴은 아니었다."

오가는 대화. 그 속에 담긴 진실.

"에에에에엥?"

뭐야, 그럼 저 초절정 미녀가 그때 그 저주받았던 공주?

아니지.

"내 부인?"

"네, 맞아요. 남작님."

"……."

내 부인이라고?

환한 미소 위에 저주에 걸렸던 그 모습을 겹쳐 본다.

"맞네. 맞아."

외형적인 모습만 비교하면 당연히 다르다. 하지만 저 총명한 눈동자, 미소는 확실히 겹친다.

확신한 한시민의 시선이 황제에게 향했다.

"대륙에도 성형 기술이 아주 잘 발달해 있나 봐요."

"성형이라. 인간의 얼굴을 바꾼단 말인가? 신기한 단어군."

"……그럼 저건 어떻게."

"교황이 대축복을 내려주어 저주의 잔재를 말끔히 씻었지."

아!

잠시 황제가 어떤 인간인지 잊었다. 대륙을 지배하고 딸을 살리기 위해 웬 듣도 보도 못한 모험가 놈을 사위로 삼는 행동파!

어쨌든 결과적으로 한시민에겐 지금의 그림이 그리 나쁘진 않았다.

"그럼 장인어른, 전 오랜만에 만난 부인과 후세를 기약하러 떠나보도록……."

"밖에 호위기사 있으면 와서 개소리를 지껄이는 저놈을 당장 데리고 나가라."

"에이, 농담입니다."

"왜 난 진심으로 들렸는지 모르겠군."

"뭐 눈엔 뭐만 보인다지 않습니까."

"……그 버릇없는 말투는 여전하군."

순간 황제의 머릿속에 한시민에게 받았던 양피지가 떠올랐다.

그런 놈이었지.

지끈거리는 머리를 감싸며 고개를 돌렸다.

"그래, 이번엔 무슨 일로 왔나. 영지는 순조롭게 키워 나가고 있던데."

"네, 마침 말 잘 꺼내셨네요. 그거 때문에 온 거예요."

"……?"

"주신 엿은 잘 받아서 먹고 있습니다. 뭐 제가 말한 조건과는 아주 딱 맞아서 딱히 불만을 터뜨릴 건 없는데요. 솔직히 너무하지 않습니까? 명색이 황제 사위인데 그런 황무지를 내려주시다뇨!"

"칭찬 고맙네."

"어쨌든 그거 때문에 제가 쓴 돈이 한두 푼이 아니니까 보상해 주세요."

"나도 자네 때문에 쓴 돈이 엄청난데 비교해서 누가 더 손해인지를 따져 보면 되겠군."

"아니!"

서로 할 말만 하는 상황. 답답한 놈이 진다. 안타깝게도 원하는 게 있는 한시민이 더 답답했고. 이래선 안 된다는 생각이 들었고 방법을 바꿨다.

"좋아요. 영지는 더 이상 말하지 않겠습니다."

끝난 거래로 어떻게든 하나 우려먹으려고 했는데 역시 황제는 황제인가 보다. 승리의 미소를 짓는 황제를 보며 다음 패를 꺼냈다.

'대충 뜯어먹고 말려 했는데 안 되겠군.'

시선이 슬쩍 집무실 문을 지키고 있는 황실 기사에게 향했다. 몰래 힐끔대며 그를 보는 기사들의 눈빛!

그래, 잊을 리가 없지. 어찌 잊겠어. 그 짜릿했던 성장의 순간을.

당사자들의 마음을 이해한 순간 한시민의 승리는 정해진 수순.

"창고 안 비밀 창고에 있는 렙제 낮고 등급 높은 방어구 좀 가져가야겠습니다."

"그건……."

당연히 안 된다고 할 것이다. 하나 한시민은 그걸 되게 만들 패를 가지고 있다.

"기사단 쩔. 한 달 동안 노예처럼 성장시켜 드리죠."

"……!"

일부러 기사들이 듣도록 크게 외쳤다. 입구 쪽에 서 있던 기사들이 움찔대는 게 느껴졌다. 그리고 승리를 자신했다.

## 3

황실 기사단에 때 아닌 집합이 이루어졌다. 황제의 명에 의한 집합! 잡무를 보던 기사들이 이례적으로 연무장에 모였다. 전쟁이 나지 않는 한 쉽게 볼 수 없는 장면에 시종들의 표정에 놀람이 담겼다.

"폐하, 모두 집합하였습니다."

"그래, 물을 게 있어 불렀다."

"하명하시옵소서."

"하명하시옵소서!"

동시에 기사들의 표정엔 긴장감이 서렸다.

무슨 일이기에 저토록 심각하단 말인가. 혹시 전쟁이라도 났는가? 아니, 전쟁이 났다 해도 황실 기사단이 한자리에 모이는 집합이 생길 리 없다. 그들은 온전히 전쟁의 승패 유무를 따지지 않고 황제의 목숨만을 지키는 집단이니까. 게다가 제국이 질 리도 없지 않은가. 현 전력은 대륙 전체와 싸워도 이길 수 있을 만큼 제국은 굳건하다.

'그렇다면 암살?'

황실 기사들은 가끔 타 왕국의 불손한 종자들을 암살하는 임무도 맡긴 한다. 하나 그 역시 기사단 전체가 모일 만한 사유론 부적합.

그렇다면 남은 이유는 하나.

'……설마 마족?'

대륙의 정보는 황제 다음으로 기사들이 빠삭하다. 24시간 황제의 곁에 붙어 있고 대부분의 기밀은 전부 인지하고 있으니까.

요즘 들어 모험가들이 대륙에 나타나기 시작했고 몬스터들의 움직임이 심상치 않아졌으며 수천 년 전부터 올라온 역사서에 적힌 주기와 맞물리는 동시에 마족들이 나타날 징조를 보이고 있음을 알고 있다. 그렇기에 넘겨짚었다.

"수련할 시간이 필요한가?"

"예?"

그것도 아주 높은 담을 넘겨짚어 감히 황제에게 반문하는 무례를 저지르고야 말았다.

"죄송합니다, 폐하."

"아니다, 뜬금없긴 했지. 하지만 그대들의 솔직한 의견이 필요한 시점이라 그렇다. 수련 시간이 필요한가?"

"……."

기사단장은 바로 대답할 수 없었다. 만약 그가 대표로 대답할 수 있는 문제였다면 황제는 굳이 기사단 전원을 모든 업무를 중단하고 연무장으로 모이라 말하지 않았을 테니까.

그가 독단적으로 선택해 답변해도 되고 혹은 단원들의 의견을 모아 보고를 올릴 수도 있는 건데 이렇게 직접 물어본다는 뜻은 기사 하나하나의 의견까지 모두 듣겠다는 뜻이다.

"생각할 시간이 필요한가?"

"……아닙니다."

하나 어찌 됐든 첫 대답은 그여야 한다. 허례허식이든 서열순이든 뭐든. 기사단장이 가장 앞에서 황제와 눈을 마주치고 있었으니까.

"……."

"쯧쯧. 가고 싶다, 왜 말을 못 해."

머뭇거리는 기사단장을 보며 황제의 옆에서 다리를 삐딱하게 세워놓고 구경하던 한시민이 비웃었다. 황제 주제에 한없이 비천한 을 주제에 대답하지 못한다는 건 이미 마음속으론 확실한 결정이 났다는 뜻과 다름이 없다. 웬만큼 눈치가 없고

서야 한시민이 이 자리에 위치한 것과 질문의 상관관계를 파악하지 못할 리는 없지 않은가.

"필요하지 않은가?"

"······아닙니다."

하지만! 그래도 그렇지!

눈앞에서 직속상관이자 대륙의 주인이 저토록 부글거리는 눈빛으로 필요 없다 말하라 무언의 압박을 하는데 어찌 첫 순서로 그에 반하는 뜻을 내보이겠나. 차라리 일반 단원이었다면 눈치 없다고 욕 몇 마디 듣더라도 내뱉었겠지만 그는 기사단장이다.

'어떻게 하지?'

제아무리 대륙을 쥐락펴락하고 그를 수호하는 최강의 기사면 뭐하나. 이런 자리에선 결국 평범한 인간들과 다를 게 없다.

기사단장은 진퇴양난의 자리에서 결정을 내려야 했다.

앞엔 황제의 부글거리는 눈빛, 뒤엔 기사들의 간절한 소망.

'어디 한번 필요하다고 내뱉기만 해봐.'

'단장님, 하늘이 주신 기회입니다. 설마 죽이기야 하겠습니까?'

황제가 도대체 왜 거절을 강요하는 눈빛을 보내는지는 모른다. 하나 중요한 건 대답 여부에 따라 황제가 싫어하더라도 갈 수 있다는 것이다. 황제는 적어도 확신할 땐 그 무엇의 이야기에도 흔들리지 않으니까.

'에라 모르겠다.'

결국 그는 결정했다. 평생 검으로 먹은 눈칫밥은 그들의 수련이 황제에겐 한시민에게 패배한다는 느낌이거나 무언가를 뜯기겠거니 짐작이 갔지만.

"필요합니다."

"……."

그보다 그때 느꼈던 성장의 쾌감을 다시 한번 느끼고 싶다는 감정이 더 컸다. 황제를 위해선 무엇이든 하는 기사단이지만 2순위는 언제나 강해지고픈 욕망!

게다가 강해지는 것이 곧 황제를 지키는 일이다. 그렇게 완벽한 합리화를 한 기사단장의 대답에 단원들이 힘을 얻었다.

"저도 필요하다고 생각합니다."

"저도……."

"저도……."

똑같은 대답들. 절도 어린 동작 속 기사들의 입꼬리는 미묘하게 위로 올라가 있었다.

"……."

당연히 황제는 할 말을 잃었다.

젠장. 기사들 앞에서 욕을 내뱉을 수도 없고.

옆에서 뿌듯하게 기지개를 켜고 있을 한시민을 쳐다보기도 싫었다.

"폐하, 들었죠? 뭐, 선택은 폐하가 하세요. 사실 저야 방어구 그거 조금 덜 좋더라도 다른 곳에서 구하면 그만이지만 기사들은 저 아니면 어디 가서 이런 기연을 얻겠어요? 모험가가 한 2천만 명쯤 되는데 그중 저만 가지고 있을걸요? 그리고 제가 또 장인어른이고 우리 사이에 이익 따지고 그러면 섭섭하니까 이렇게 싸게 해주는 거지. 폐하의 분신이나 다름없는 기사단의 레벨을 팍팍 올려준다는데 그깟 방어구가 아까워요?"

"……."

"아! 그러면 아까울 수도 있겠네. 기사단은 그냥 내 목숨을 지키는 소모품 정도라고 생각하면……."

"그만! 지금부터 열흘간 단장의 주도하에 수련을 떠난다."

"당장?"

"그래, 당장."

"콜!"

저 비위 긁는 말까지!

황제가 진저리 치며 자리에서 일어났다. 마음 같아선 지하 감옥에 가둬놓고 몸부림치는 꼴을 보고 싶지만 모험가에겐 그 또한 고통이 아님을 알기에 상종하지 않는 게 가장 좋은 방법!

연무장을 빠져나가는 황제를 보며 한시민이 외쳤다.

"창고 열어두고 주무세요! 방어구 없으면 수련이 반쯤 더뎌 질 수도 있으니까 선불받을게요!"

"……."

대답은 없었다. 그런 황제의 자리를 공주가 다가와 채웠다.

"바로 가시나요?"

"응, 같이 갈래?"

"아직 먼 길을 갈 정도로 체력이 회복되지 않아 못 갈 것 같 아요. 죄송해요."

"아냐, 죄송할 것까지야. 다음에 놀러 가자."

"네."

한결 친절해진 태도! 속물 같지만 한시민은 당당했다.

'예쁘면 좋지!'

게다가 그는 공주가 저주에 걸려 외형적으로 조금 불편할 때 도 편견 없이 받아들이고 아내로 맞이함에 있어 조금의 불만 도 터뜨리지 않았지 않은가! 그런 그에게 다가온 이런 행운을 왜 걷어차나! 비록 게임이지만 예쁜 여자와 연애하는 게임을 위해 캡슐을 사는 사람들도 널리고 널렸는데 이 정도쯤이야.

"그럼 창고에 같이 갈까?"

"네, 남작님."

자연스럽게 손을 내밀고 공주가 수줍게 잡는다.

'시바…… 왜 눈물이 나오냐.'

뭔가 행복한데 현실의 한시민은 울고 있다고나 할까.

뒤에서 찔러오는 질투의 눈빛들은 깔끔하게 무시해 주고 창고로 향했다.

◈

기사단이 떠나면 황제는 누가 지키나!

이런 걱정은 황제 스스로가 사전에 차단했다.

"전대 기사단장과 마탑주, 마탑의 마법사들과 대신관들을 불렀으니 걱정하지 말고 다녀오라!"

"……."

이러는데 어찌 더 걱정할 수 있단 말인가.

전력 자체가 기사단을 합친 것보다 빵빵하고 제 입으로 가고 싶다 말했는데 이제와 빼는 모습을 보여주기엔 기사들의 철면피는 그리 단단하지 못했다.

"자, 다들 모였어?"

"예!"

하나 어찌 됐든 황궁을 나서고 한시민 앞에 정렬하자 기사들의 기운은 다시 돌아왔다.

진홍빛 가죽 방어구는 여전하지만 그 안에 빛나는 착 달라붙은 은색 내의를 입은 한시민! 어깨가 절로 펴지고 턱이 추켜세워진다.

내의가 있다니! 상상치도 못했다. 방어력이 두 배가 되는 꼼수를 발견한 셈이지 않은가!

물론 입고 있는 가죽 방어구는 팔 생각이었다.

'내 클라스로 입기엔 많이 지났지.'

황제가 꼴 보기 싫다고 나오지 않은 이유. 방어구 한 세트라는 명목으로 내의를 챙기고 겉에 입을 것까지 챙겼기 때문!

말린다? 이미 입고 나와 고맙다고 선수 치는 놈을 어떻게 말리겠는가. 알아서 잘 챙겨 나오겠지 하고 신경 쓰지 않고 내버려 둔 황제의 잘못이지.

"음하하하!"

영지 건으로 엿 먹은 걸 확실하게 복수한 느낌이 팍팍 들어 행복했다. 무엇보다 큰 수확은 신데렐라가 된 공주겠지만. 해서 들뜬 한시민이 오랜만에 능동적인 모습을 보였다.

"지금부터 주의 사항을 전달하겠다. 첫째, 내 말을 듣지 않을 때마다 열흘에서 훈련 시간을 한 시간씩 까겠다. 물론 말을 듣지 않는다는 건 날 귀찮아한다거나 아니꼽게 노려본다거나 혹은 나보다 약한 게 깝친다고 생각하는 게 드러날 경우! 알았나?"

"예!"

웃기는 조건이지만 기사들은 진심으로 외쳤다. 그들에게

한시민은 신기한 존재이자 대단한 자다. 처음에야 별 같잖은 모험가라 여겼지만 지금은 준스승 같은 느낌이랄까. 그럴 필요가 없다.

"둘째, 사냥해서 나온 건 모두 내 거."

"예!"

"그럼 가자."

만족스러운 대답에 걸음을 옮겼다. 보나마나 기사들은 잠도 안 자고 열흘 내내 사냥만 해댈 게 분명했지만 받은 것들을 생각하면 충분히 참을 수 있었다.

'가죽 방어구는 NPC한테 골드로 팔아야겠다.'

내의와 외의를 강화하다 보면 시간도 빨리 갈 테고 또 명목상으론 기사들을 강해지게 만들어준다 했지만 한시민에게도 이득이 되는 쪽으로 움직일 예정이니까.

"……저 남작님."

"왜."

한참을 걷던 도중 그런 생각을 눈치챘는지 아니면 뭔가 이상하다 느꼈는지 기사단장이 조심스레 물어왔다.

"혹시 생각해 두신 장소라도 있으신지……."

당연한 것! 황제의 허락을 맡고 얼마 안 되는 시간이지만 미리 생각해 두었던 사냥터와 일정까지 빡빡하게 짜온 기사단장이니까. 몬스터들이 너무 약해서도 안 되고 강해서도 안 된다. 그들의 수준을 생각하면 대륙에 몇 되지 않는 사냥터 조건! 한데 한시민이 엉뚱한 곳으로 가면 도로아미타불이 되어 버리는 셈이다. 똥줄이 탈 수밖에.

"당연하지. 너무 걱정하지 마. 내가 가려는 곳도 너희가 충분히 힘들어 죽을 것 같을 장소니까."

"……."

하나 속마음을 토로할 순 없었다. 눈앞의 까다로운 놈은 무슨 말만 하면 시작 전에 내걸었던 조건을 들먹이며 시간을 깎아내릴 게 분명했으니까 그저 바랄 수밖에. 그들이 원하는 사냥터 조건이랑 크게 다르지 않길.

다행인 점은 방향은 제법 그럴듯하다는 것이었다.

"……단장님, 그런데 여기 조금 익숙한 길이지 않습니까?"

"……."

리치 영지 방향이라는 것만 빼면 아주 그럴듯하지.

"내가 황제 폐하도 못해낸 리치 영지 북쪽 정리를 이루고야 말 테다."

"……그걸 왜 저희가."

"어허, 지금 반항하는 거?"

"그럴 리가 있겠습니까."

"거기 주변을 소탕하지 못한 이유가 뭐야? 너희가 약해서잖아! 이번 기회에 차곡차곡 강해져서 제국을 위해, 그리고 너

희 성장을 위해 열심히 노력해 보자고. 내가 힘껏 뒤에서 도
와줄 테니까."

"……."

지극히 개인적이고 자신만을 위한 일! 성장을 빙자한 영지
주변 청소가 시작됐다.

4

아침에 일어난 리치 영지민들이 놀랐다.

"뭐야!"

"토끼들이 어디 갔지?"

얼마 전 한시민과 나갔다가 그들만 돌아와 언제나 그렇듯
영지를 수호하고 가끔 근처 사냥터에 가서 이것저것 주워 오
던 토끼들이 보이지 않는다.

리치 영지민들에겐 이미 가족 같은 느낌의 토끼들이긴 하
지만 통제권은 조금도 갖고 있지 않기에 꼭두새벽부터 어딜
가든 확인할 방법도 없고 알 바도 아니었지만 걱정이 되는 건
사실!

"설마 침입자들이 토끼들을?"

이런 걱정도 슬그머니 고개를 들었다. 하지만 이내 사그라
졌다.

"에이, 설마. 정신병자가 아니라면 굳이 털 것도 많은데 토끼들을 건드렸다가 저승길 가진 않겠지."

떼로 뭉쳐 다니긴 하지만 어쨌든 주변의 흉악한 몬스터들을 때려잡는 괴물들이 아닌가. 막말로 새벽에 아무도 인지하지 못한 침입자들이 대거 들어와 토끼들을 건드렸다 해도 아침에 보이지 않아야 할 것은 토끼들이 아니라 그들일 것이다.

"그럼 어디 갔지?"

"뭐 새벽부터 일어나서 돌아다니는가 보지."

해서 의문은 가졌지만 걱정은 하지 않았다. 당장 주변 천지에 개발 중인 영지를 보면 토끼 걱정할 때가 아니다. 영지를 하루 빨리 개발하고 영주님에게 은혜를 갚아야 한다! 게다가 한시민이 직접 나서 영지를 눈에 띄게 확장시킨다면 그에 맞춰 거대한 성도 만들어주기로 약조했고.

영지민들은 토끼들에 대한 생각을 지우고 일상에 뛰어들었다. 그러다 발견할 수 있었다. 평소와는 다른 영지 주변 풍경을.

"뭐지? 여기 원래부터 이렇게 개간되어 있었나?"

"개간은 무슨. 여기 몬스터 영역이잖아. 뭐야! 왜 아무도 없지?"

"오는 동안 쥐새끼 기척 하나 없어서 계속 왔네. 무슨 일이지?"

안 그래도 스페셜리스트 덕분에 리치 영지의 몬스터들이 접근하지 못하는 영역이 많이 넓어졌는데 오늘 아침엔 그보다 훨씬 넓은 곳까지 확장되어 있었다.

고작 몇 미터도 아니다. 그 정도였으면 매일같이 주변을 순찰하는 이들이 느끼지 못했겠지.

"……다들 단체로 마실 나갔나?"

"그럴 리가. 매일같이 경계에서 두리번거리며 우리를 죽일 듯 노려보던 놈들인데."

당장 자기네 땅이 어찌 대응할 방법조차 찾을 틈 없이 야금야금 먹히고 있는데 제아무리 몬스터라 한들 놀러 가겠는가! 그러다 빈집이라도 털리면 어찌하려고.

그렇다는 건 경계 서던 몬스터들에게 무슨 일이 생겼거나 혹은 영지의 경계가 더 늘었다는 뜻밖에 되지 않는다.

"뭐지?"

"일단 보좌관님께 보고하자고."

"그래."

둘 중 무엇이든 희소식이다. 하나 전자일 경우 방심하고 무작정 걸어가다가 함정일 경우 큰 피해를 입을 수도 있다.

정찰하는 영지민들의 보고에 영지가 시끌벅적해졌다. 그리고 혼란스러워하는 사람들 사이에서 그럴듯한 추리가 나왔다.

"아침에 토끼들이 사라졌는데 걔들이 그런 거 아닐까요?"

"……!"

그들의 추리는 반만 맞았다.

5

황실 기사단들은 얼핏 보면 하루 종일 황궁 내에서 하는 것 없이 빈둥대는 것처럼 보여도 사실 굉장히 빡세고 규칙적인 데다가 혹독한 일과를 보낸다.

사실상 군대보다 더한 곳! 해가 뜨기도 전에 일어나 훈련장에서 구보하는 것을 시작으로 아침 체력 훈련, 식사 후 황제를 보필하는 수많은 임무에 투입되고 틈틈이 검술 훈련에 체력 단련까지. 점심을 먹은 후엔 또다시 체력 훈련이 있고 오후엔 각 왕국의 정세와 그에 관련한 수많은 X파일을 듣고 머릿속에 저장한다.

문무가 모두 갖춰져야 하는 자리!

그뿐만 아니다. 저녁엔 실전 검술 훈련이 있고 그건 자정까지 계속된다.

그 이후에야 주어지는 취침 시간. 기껏해야 여섯 시간도 안 되는 수면은 황실 기사가 되려면, 아니, 기사가 되려면 누구나 어렸을 적부터 몸에 익혀야 하는 습관이고 거기에 24시간을 쪼개 하루 두 번씩 근무에 들어가는 건 별개의 일이다.

강인한 체력과 굳건한 정신이야말로 대한민국 육군이 지향하는 온전한 정점이 아닌가!

황실 기사들은 그걸 매일같이 수년 동안 해오고 있었다. 당연히 체력과 정신력은 그만큼 성숙되어 있고.

하나 그런 그들마저도 한시민을 보며 인상을 절로 찌푸렸다. 거칠게 숨을 몰아쉬고 정신적인 스트레스에 저마다 자그마하게 욕설을 내뱉는다.

"후아, 후아."

"더더! 더 빨리! 한 마리라도 더 베! 그래가지고 어디 성장하겠어? 니들 레벨이 워낙 높아서 웬만큼 사냥해선 레벨 1도 못 올려. 더 빨리 뛰어. 그래! 거기, 너. 왜 이렇게 검 속도가 느려졌어?"

"……."

악마다. 악마. 단순노동과 쉬지 않고 들려오는 악마의 외침은 제아무리 단련된 기사들이라 해도 버티기 쉬운 게 아니었다.

흥―

푹!

"크에에!"

게다가 그들이 상대하는 몬스터들 역시 그리 약하지 않기에 더 문제였다. 영지 주변 청소까지만 해도 할 만했다. 그들은 황실 기사들이고 가끔 리치 영지에 파견 나오는 기사와 병사들은 황실까지 오지도 않는 수준의 이들이었으니까.

하나 그 범위가 점점 넓어지고 10분의 휴식도 가끔 주는 한시민의 하드 트레이닝이 48시간이 넘는 순간 정신이 아득해지기 시작했다.

"그렇지. 깔끔하게. 가죽 안 베이게 잘 죽이란 말이야. 이것도 수련의 일종이야. 언제까지 힘으로 다 찔러 죽일 거야? 급소를 찌르란 말이야, 급소를. 그래야 가죽이 상하지 않고 비싸게 팔리지!"

그건 아마 생사를 넘나드는 전투의 장기화 때문이 아니라 저 빌어먹을 목소리 때문이라 기사들은 확신할 수 있었다.

'누가 저 새끼 좀 닥치게 해봐.'

'단장님! 제발!'

'죽을 것 같습니다!'

하지만 간 크게 속마음을 내뱉는 이는 없었다. 어쨌든 이런 무식한 방법으로나마 강해지는 게 느껴지니까.

답답한 건 거기서 오는 간극이다.

아무런 의미 없는, 깨달음도 없는 반복 노가다와 잔소리. 하나 강해지는 자신. 그동안의 고생이 개고생이라는 걸 증명하는 것 같다고나 할까.

"움직여! 움직여!"

그런 점을 잘 파악한 한시민은 더 거칠게 몰아쳤다. 이미 황제에게 기사들을 일시적으로 그의 영지 기사로 소속시키는 걸 허락받은 상황이기에 거침이 없었다.

"좋아! 그렇게 경험치를 갖다 바치라고!"

비록 쥐꼬리만큼 먹는 경험치를 그나마도 뒤에서 죽은 몬스터들의 아이템을 줍고 가죽을 분해하며 따라오는 토끼들에게 거의 뺏기지만 그게 어딘가!

가만히 앉아 조금씩이나마 오르는 경험치를 보는 한시민의 마음은 뿌듯하기 그지없었다.

만약 직접 사냥했더라면 얼마나 귀찮고 힘든 작업이었을까. 죽이는 거야 망치를 휘두르면 되겠지만 들이는 힘에 비해 오르지 않는 경험치는 원래 사람의 의욕을 빼앗는 법이다.

"쭉쭉 전진한다! 계속 가! 우리에게 후퇴란 없다!"

거기다 북쪽으로 올라가면 갈수록 오르는 경험치가 눈에 띄게 증가한다.

아무래도 높은 레벨의 몬스터가 나오고 있다는 뜻이겠지.

주변 풍경도 어느 순간 지난번에 왔었던 음침한 숲으로 바뀌어 있었다.

"슬슬 시작해 볼까."

그리고 그건, 잔소리에 시달리던 기사들에겐 한 줄기의 희망이었다.

강화!

가지고 온 방어구를 강화하는 동안에는 적어도 기사들에게 뭐라 하진 않을 테니까.

"자, 좌회전!"

본격적인 사냥이 시작됐다.

스페셜리스트도 업그레이드된 스펙과 61억짜리 스킬을 보유한 강예슬의 힘으로 음침한 숲에서 완벽하다시피 적응을 해 나가고 있었다.

"왼쪽!"

"저주 걸었어! 언니!"

"스톰 커터!"

1딜러 1탱커 1힐러였던 조합이 2딜러 1탱커가 되자 정현수는 자연스럽게 앞에 나가 어그로를 끄는 대신 튀는 어그로를 막아주는 쪽으로 위치를 변경했고, 정설아는 그런 정현수 뒤에 숨어 있다가 몬스터의 숨통을 찌르는 조커 역할을 했다. 힐만 넣어주던 강예슬은 61억짜리 스킬로 어그로를 끌고 다가온 몬스터들의 움직임을 둔화시키는 쪽으로, 가장 큰 역할을 맡았고.

게다가 강예슬이 다섯 개의 마법을 동시에 사용할 수 있게 되니 체력이 떨어졌을 때 바로바로 힐까지 들어왔다.

그야말로 3인 파티지만 4인, 아니, 그 이상의 파티가 사냥하는 것보다 훨씬 효율이 좋아질 수밖에.

덕분에 한시민이 없음에도 레벨 업 속도가 그리 느려지지 않는 기염을 토해냈다.

"아, 여기에 시민 오빠만 있으면 딱인데."

"아무리 이렇게 효율적으로 사냥해도 그놈 반지 하나만 못하네."

"게임이 다 그렇지."

"이런 운빨 좆망겜."

정현수가 침을 퉤 뱉었다. 굳이 따지자면 한시민이 상자를 열었을 때 축복의 반지가 나온 건 운이 맞으니 틀린 말은 아닌 셈! 하나 그런 투덜거림은 전혀 부러운 마음을 상쇄할 수 없었다.

"으, 배 아파."

"오빠, 마음을 좀 곱게 써봐. 그래가지고 장가가겠어?"

"결혼 같은 거 안 해도 돼."

"평생 설아 언니 끼고 살게? 언니가 그래 준대? 언니는 아닌 것 같은데?"

"뭐?"

부러우면 지는 거다. 이미 졌지만 61억이나 투자해 좋은 스킬을 구입한 강예슬이 속을 긁으니 괜히 더 속이 탔다.

"다음엔 나도 좋은 거 하나 산다."

"오빠가 지금 제일 평범하긴 하지."

"……."

그나마 탱커니까 망정이지 딜러였으면 아무런 존재감 없이 버스나 타는 쩌리가 되었을지도 모른다. 시스콤으로서 그건 결코 용납할 수 없는 일! 그에겐 마음에 들지 않는 한시민에게 막대한 돈을 퍼붓는 일임에도 결심하게 된 이유!

"가서 나한테 좋은 거 하나만 먹고 와라."

얼마를 쓰든 사리라! 그런 그들이 예전 한시민이 알 15강을 위해 누비고 다녔던 호랑이들의 영역에 도착했다. 드넓은 음침한 숲에선 제법 운이 따라준 상황.

"……뭐야, 여긴?"

"저번에 불났던 그곳인가?"

"그런가 보네."

호랑이들의 영역에 울창하던 숲은 재만 남아 황량하게 펼쳐져 있었다. 스페셜리스트는 모르지만 음침한 숲을 지배하던 종족의 땅이라고는 감히 상상할 수 없는 피해!

"진짜 시민 오빠한테 걸리면 끝이구나."

"숲에 불을 지를 생각을 하다니. 제정신이 아니네."

"현명한 선택이기도 하지."

누가 감히 생각하겠는가. 현실이라는 틀에 갇혀 있는 평범한 사람이라면 숲에 불은커녕 당장 잔디에 붙은 담뱃불만 봐도 허겁지겁 끄기 바쁘지 않은가!

"여러모로 대단한 오빠야. 우리 길드에 온 건 아마 신의 한 수일 듯?"

"그러게."

그런 면에서 셋은 인정했다. 그리고 타오른 숲을 따라 걸어갔다. 어디까지 이어져 있나 궁금했기도 하고 과연 여기 살던 몬스터들은 어디로 갔을까 궁금하기도 했으니까. 전생에 무슨 죄를 지었는지 몰라도 난데없이 이민 간 몬스터들을 만나면 위로라도 잘해줘야겠다.

저벅저벅.

밟히는 재. 끝없는 황야. 서서히 몸에 긴장을 심는다. 아무것도 보이지 않기에 걸어가고는 있지만 그들이 서 있는 곳은 음침한 숲 한복판! 아니, 어쩌면 그보다 북쪽일 수도 있다.

초입부에서야 레벨보다 한껏 오버된 장비들을 착용하고 현질을 통한 스킬 활용으로 사냥해 왔다고 쳐도 그 이상은 당연히 무리다. 그들의 목적도 보다 높은 몬스터를 만나는 게 아니라 메인 퀘스트 2막을 진행할 숲의 지배자에 대한 단서를 찾는 거고.

웅성웅성

"⋯⋯!"

"⋯⋯!"

그러던 차에 침묵 속 귓가를 간질이는 소리가 들려왔다. 아주 멀리지만 자연스럽게 몸을 낮춘다. 그리고 조심스럽게 다가간다.

이런 타버린 숲에 무엇이 있는 걸까.

점점 다가갈수록 목소리는 커졌다. 동시에 이해가 됐다.

단어들이.

"이게 뭔지 알아? 내가 인마, 혼자서 만든 업적이라는 거지. 여기 웬 시커멓게 큰 호랑이들이 잔뜩 살고 있었거든? 그거 내가 다 조지고 다시는 까불지 말라고 불까지 질렀어."

"⋯⋯."

목소리는 낯까지 익었다.

6

"어? 여기서 뭐 하세요?"

"⋯⋯."

그러게요. 그러는 당신은 여기서 뭐 하세요?

자신들이 해야 할 질문을 역으로 맞은 스페셜리스트가 잠시 대답을 망설였다.

우리는 뭐 하고 있었지?

"사냥하고…… 아니, 메인 퀘스트 깨고 있었나?"

그게 그거다. 먹기 위해 사는 거나 살기 위해 먹는 거나.

한시민이 고개를 끄덕였다.

"그렇구나. 같이 갈래요?"

"……아니, 오빠! 아이템 맞추러 간다는 사람이 여기 왜 있어?"

"아, 갔다가 왔어. 어제."

"빨리도 다녀왔네."

호기롭게 나섰던 강예슬은 더 이상 할 말이 없었다. 그렇다는데 뭐 어쩌겠나. 그리고 빨리 다녀온 것도 아니다. 왕복으로 1주일은 넘게 걸렸으니까.

"그 옆에 있는 분들은 누구세요?"

"아! 황실 기사단들이에요. 황제한테 방어구 공짜로 얻어 입고 쩔 해주는 중이라."

"……."

아무리 봐도 한시민이 쩔 받고 있는 그림이다. 그걸 인지하고 있는지 기사들의 표정이 찡그러졌다.

이런 개새. 우릴 이렇게 굴리면서 지 공으로 돌린다 이거지?

"왜! 뭐! 불만 있어?"

"아닙니다."

하나 을의 설움은 언제나 그렇듯 속으로만 삭일 수밖에 없었다. 괜히 반항이라도 했다가 얼마 되지도 않는 훈련 시간이 줄기라도 한다면 언제 또 올지도 모르는, 그리고 다시는 함께하고 싶지 않은 마지막 훈련을 평생 후회하며 살게 될 테니까.

이왕 시작한 거 힘들더라도 끝까지는 완주하자!

이게 기사들의 생각이었고 그걸 본 스페셜리스트는 혀를 찼다.

'아주 제대로 물렸네.'

'영지 주변을 기사들로 청소하고 계셨던 거구나.'

'독한 놈.'

아무리 제 영지라 해도 그렇지. 한시민처럼 현실에서의 제 몸을 돌보지도 않고 이토록 열심히 신경 쓸 수 있을까?

그건 셋도 다르지 않지만 어쨌든 예상치 못했던 상황에서의 만남은 사냥의 긴장을 풀어버렸다.

"설아 씨는 어떻게 할 거예요? 저흰 북쪽으로 더 올라갈 생각인데."

"저희는 더 올라가긴 무리고 숲의 지배자를 찾아서 돌아다닐 생각이에요."

"같이 다니면 좋을 텐데. 아쉽네요."

셋까지 합류하면 더 멋진 그림이 나올 텐데 말이야!

입맛을 다시는 한시민이었지만 미련을 갖진 않았다. 그들보다 레벨이 압도적으로 높은 기사들과 훌륭한 수금 보조 토끼들이 있지 않은가.

"그럼 다음에 봬요."

"네, 조심하세요."

"설아 씨도요."

한시민이 북쪽으로 향했다. 온통 재뿐인 숲을 지나 더 음침한 곳이 펼쳐지는 사냥터! 그 뒤를 토끼들이 따랐다. 망설임 없이 나아가는 걸음이 스페셜리스트에겐 자극이 되었다.

"만날 놀러 다니는 거 같은데 벌써 저렇게 큰 거야?"

"……."

정설아에겐 특히 더 없는 동기부여였다. 한시민을 거의 처음부터 봐왔던 몇 안 되는 유저니까.

'처음엔…….'

그저 운 좋게 13강 무기를 완성한 얼뜨기 유저인 줄 알았다. 그때에는 컨트롤도 별로라 그녀에게 무기를 맡기기까지 했었다. 하지만 시간이 갈수록 무기가 좋아지고 방어구까지 강화하기 시작하더니, 어디서 튀어나온지도 모를 반지를 갖고 돈을 끌어 모으면서 이제는 100마리의 전투 보조들에 아직 유저들이 발도 붙이지 못한 제국의 중심, 황실 기사단까지 데리고 다니며 부려먹는 수준까지 올라왔다.

일련의 과정을 다른 사람이 봤다면 믿지 않았을 정도. 혹은 게임 판타지 소설 쓰냐고 자신의 눈으로 본 걸 부정했을지도 모른다. 그만큼 사기고 말도 안 된다.

판타스틱 월드. 이 세상은 냉혹히 말해 현실감이 필요할 땐 게임의 룰이 돋보이고 게임의 룰이 필요할 땐 현실감이 돋보이는 그런 세상이니까.

이를테면 현실!

먼 이상을 바라보기엔 현실이 너무 팍팍하다.

"후우."

하나 정설아 역시 그리 실패한 캐릭터는 아니다. 현 레벨 랭킹 3위를 유지하고 있고 길드는 어디 가서 꿇리지 않을 정도로 전력이 빵빵하며 게임의 근간이 되는 메인 퀘스트를 가장 빨리 진행하고 있으니까.

위안을 삼기로 했다. 기다리기로 했다. 너무 높은 곳을 바라보면 지쳐 미끄러지게 마련이다. 한시민의 성장 근원은 누구도 손댈 수 없는 강화에서 시작되었다. 그녀는 그녀만의 장점을 살려서 가면 되는 것이다.

'어차피 끝은 비슷해.'

언젠가 만렙이 될 테고 아이템들의 등급도 한계가 분명하다. 그때가 되면 그녀의 컨트롤이 빛을 발할 날이…….

'……오긴 오려나?'

한시민의 만렙은 남들보다 두 배 스탯이 많고 아이템의 등급 한계는 분명하나 강화 수치의 한계는 그만이 조절할 수 있는 것이나 다름없으니까. 만약 15강 아이템을, 아니, 하다못해 13강까지라도 수량을 조절하기 시작한다면 판타스틱 월드 유저들은 평생 그를 스펙으로 뛰어넘지 못할 수도 있다.

"……."

냉철한 정설아의 머리가 빠르게 돌아갔다. 그리고 결론이 나왔다.

"사냥하자."

보다 심층적인 결과도 있었지만 그런 것들은 지웠다. 인생은 모르는 거니까. 바꾸기 위해 결연한 표정으로 사냥을 위해 발걸음을 돌렸다.

"어휴, 설아 언니 또 저 표정 나왔다. 오빠, 우리 이거 그린 라이트 맞지?"

"또 지옥이 시작되겠구만."

7

황궁에 조촐한 조찬이 마련되었다. 황제, 현 마탑주, 전 황실 기사단장이 함께하는 조촐한 아침상!

"폐하, 오랜만에 뵙습니다."

"기사단장도 잘 있었소?"

"예, 자주 찾아뵙지 못해 죄송합니다."

그야말로 대륙을 움직이는 실세들끼리의 자리! 여기서 장난처럼 나오는 말 한 마디, 한 마디가 대륙의 정세에 큰 영향을 끼칠 수 있다는 걸 모르는 사람은 없으리라.

하나 정작 당사자들은 그리 신경 쓰지 않고 있다는 게 문제였지만.

"마탑은 요즘 어떻습니까."

"허허, 마탑이야 언제나 그렇듯 진리를 탐구하며 시간을 보내고 있지요."

"슬슬 대륙에 바람이 불기 시작하는데 준비하심이 어떠십니까."

"예, 폐하. 준비하고 있겠습니다."

간단한 안부를 묻고 식사가 나온다.

뒤이어 늙은 마탑주가 물어온다.

"폐하, 공주님의 혼인이 결정되었다고 들었습니다."

황실 내부에 웬만한 사람들은 다 알고 있는 사실이지만 알면서 쉬쉬하고 있는 것 또한 사실이다.

황제가 인정했지만 어디 속이 편하겠는가! 모험가에 별 볼일 없는 놈인데!

하지만 마탑주는 전대 황제부터 신뢰를 한 몸에 받았던 대마도사! 그런 걸 묻는 데 망설임이 없었다.

"크흠. 예, 지금 황실 기사단들을 데리고 사냥을 갔습니다."

"허허, 철없는 모험가라 들었는데 황실 기사단을요? 그 자존심 강한 이들이 따라나서겠다고 했나요?"

"마냥 재주가 없는 놈은 아니더군요. 사람을 다룰 줄도 알고."

고기를 썰어 넣는 황제의 입꼬리가 꿈틀댔다.

그래, 그 빌어먹을 사위 놈. 사람을 너무 잘 다뤄서 문제지. 황제인 자신까지 다루려고 하니까.

그것만 빼면 확실히 까면 깔수록 마음에 들긴 하다. 황제에게 아저씨라 부르는 패기부터 시작해 하나뿐인 그의 딸을 달라는 미친 소리까지 아무렇지 않게 하는 건 그만큼 목숨보다 소중히 여기는 무언가가 있다는 뜻이니까.

"폐하께서 이토록 신뢰하는 자가 모험가라니. 한번 보고 싶군요."

"예, 폐하. 저 또한 보고 싶습니다."

마탑주와 전 기사단장이 흥미를 보였다. 진심으로!

'대체 누구기에 폐하가……'

'눈앞의 남자가 진정 철혈의 군주 맞는가.'

황제가 그들에게 존대하고 대우해 주는 이유는 아버지, 전대 황제의 최측근이었던 이유뿐이다.

대륙의 주인 앞에 나이고 뭐고 어디 있겠나. 잘못하면 상대가 누구든 엄중하게 벌을 내리고 하물며 대륙을 위해서 학살

하는 것 또한 눈 하나 깜빡 않고 시행하는 황제에게 인정받은 모험가라.

기대를 본 것인지 황제가 비릿하게 웃었다.

"안 그래도 조만간 그놈을 기사들의 축제에 부를 예정이니 와서 보시죠."

"……!"

"기사들의 축제라 하시면!"

묘한 의도가 담긴 웃음. 그리고 비릿한 미소.

이번엔 꼭 엿을 먹이겠다는 확고한 의지에 두 사람이 놀랐다. 둘 역시 산전수전을 다 겪으며 살아온 노장중에 노장임에도 놀라는 이유는 그 대상이 모험가라는 것.

"너무 위험하지 않겠습니까?"

"어차피 모험가는 죽어도 다시 살아난다고 하니 무슨 문제가 있겠습니까."

"아! 그렇다고 들었습니다. 그래도 폐하께서 부르신다는 뜻은 그만한 실력이 있다는 거 아닙니까?"

"예, 구르는 재주는 있는 것 같아 보여 직접 보고자 합니다."

마음과 말이 반대로 튀어나오는 황제의 입꼬리가 내려올 생각을 않았다. 이번에도 감히 창고에서 귀중한 보물을, 그것도 방어구를 한 세트도 아니고 내의까지 두 세트나 챙겨서 나간 뻔뻔한 놈에게 복수 기회가 오고 있다. 쉽진 않겠지만 그는 불가능 따윈 없는 황제!

'꼭 올라가게 만들어주마.'

쓸데없는 데에 불꽃을 튀겼다. 그만큼 약 올랐다. 능글맞은 것도 마음에 들지 않는데 공주마저 뺏긴 기분이 요즘 점점 들고 있으니.

'제아무리 날고 기는 모험가 놈이라 해도 황실 기사들은 이기지 못할 것이다.'

그뿐이랴. 제 손으로 기사들을 성장시켜 주러 갔으니 제 무덤을 파는 꼴!

'죽을 정도로 얻어터지면 속이 좀 풀리겠군.'

그는 그의 기사들을 믿었다. 와인이 절로 달달하게 느껴졌다.

§

"뭐? 기사들의 축제? 그게 뭔데?"

"1년에 한 번씩 제국에서 열리는 기사 대련입니다."

"아아, 강화사들도 하던데."

"예, 맞습니다. 저희는 올해 축제 순위권 독식을 목표하고 있습니다."

기사단장의 말에 한시민이 고개를 끄덕였다.

"그래, 그 정도 포부는 있어야 내가 무료 봉사를 열심히 해

주지. 아주 훌륭해."

"……."

나름 목표가 확실하지만 안타깝게도 한시민에겐 와닿지 않는 말! 그에게 떨어지는 게 없으니까.

"그런데 그거, 하면 대륙의 기사들이 다 오는 거야?"

"예, 참여는 자유지만 어느 순간 기사들의 축제는 제국을 포함한 왕국들의 전력 서열을 매기는 중요한 척도가 됐습니다. 해서 참여하지 않는 곳은 자연스럽게 순위가 뒤처지게 되니 참여하지 않을 수가 없습니다."

"호오."

전쟁도 없고 마족들도 없으니 이런 식으로 경쟁한다. 꽤 괜찮은 생각 같았다.

실제로 총이 없는 이 세상에선 전쟁이 나면 무엇보다 기사들이 큰 활약을 펼칠 테니 그들의 전력이 곧 국가의 전력과 비례한다고 볼 수 있으니.

"지면 폐하한테 까이겠네?"

"저희는 단 한 번도 진 적이 없습니다."

"에이, 그래도 가끔 천재가 나올 수도 있잖아."

"기사에게 천재란 재능을 갖고 노력하는 이에게 붙는 단어입니다. 그런 의미에서 황실 기사단은 하나하나가 모두 천재입니다."

"그래그래."

아니라고 부정할 이유도 필요도 없다. 한시민의 눈엔 확실히 황실 기사들의 레벨이 아주 높아 보였으니까.

"그런 의미에서 좀 더 빠르게 치고 나간다. 빨리 1렙이라도 더 올려야 대회를 쓸어버리는 우승을 하든지 할 거 아니냐!"

그가 원하는 건 하나다.

돈!

신나서 말했다가 또 똥 씹은 표정이 된 기사단장을 보며 한 가지 아이디어가 떠올랐다.

"아! 거기 혹시 귀족들도 많이 오냐?"

"……예, 기사들의 축제는 기사들의 대련을 통한 내기도 함께 진행되어 많은 귀족이 옵니다. 제국 자체적으로 3일간의 축제를 열기도 하고요."

"그렇군. 나도 가야겠다."

이제는 대체할 방어구가 생겨 갈 곳을 잃은 가죽 방어구 세트를 비싸게 처분할 좋은 아이디어가!

"후후, 기대되는걸?"

새 방어구 강화를 위해 망치를 내려치며 머릿속으론 어떻게 해야 가죽 방어구를 한 푼이라도 더 비싸게 팔까에 대한 고민을 시작했다.

Episode 18.
방어력이 국력이다

1

누군가 그랬다. 시간은 빛보다 빠르다고. 지나가는 시간은 누구도 잡지 못하고 그 시간에 충실하지 않으면 뭘 할 틈도 없이 사라져 버린다고. 해서 지금 당장이 중요하며 주어진 시간이 있을 때 노력해야 한다고.

그런 의미로 접근하다 보면 군대에선 신기한 말이 생겨난다.

그래도 국방부 시계는 흐른다.

어쨌든 누구에게나 시간은 공평하고 빠르니 열심히 군 생활을 하면 전역하는 날이 온다는 명언! ……은 개뿔. 말년 병장들이 그들보다 최소 며칠, 많게는 1년이 넘는 시간 동안 더

군 생활해야 하는 후임들을 놀리기 위해 쓰는 말.

물론 틀린 말은 아니다. 군 생활은 본인이 느끼기에만 시간이 멈춘 게 아닐까 싶을 정도로 천천히 흐를 뿐이지 밖에서 보면 뭐 한 것도 없는데 휴가를 나오는 것처럼 보이니까. 왜냐하면 밖의 사람들은 일상 속에 갇혀 매일을 틀에 박힌 반복적인 삶을 살기 때문!

한시민 역시 마찬가지였다.

"휴. 강화가 잘되네, 역시."

기사단과 함께하는 영지 주변 청소…… 를 빙자한 새로운 방어구 강화 작업!

순조롭게 흘러갔다. 처음 며칠은 잠도 자지 않고 사냥하다 5일째부턴 6시간 사냥에 10분 휴식, 24시간을 채우고 3시간 수면이라는 지옥 같은 강행군을 진행하다 보니 시간 가는 것에 신경 쓸 여유를 갖는 기사는 없었다.

한시민도 마찬가지.

그에게 꼭 해야 하는 과정이다. 방어구를 강화하고 15강을 해 한층 업그레이드된 자신을 만나기 위한 수련!

과정이 어찌 재미없고 지루하겠는가. 경험치도 공짜로 먹고 비싼 몬스터들을 전부 독식하는데. 마음 같아선 열흘이 아니라 100일 정도 이러고 다니고 싶을 정도.

"벌써 열흘인가."

"……."

아쉽게도 안 그래도 빨리 흘러가는 시간은 재미까지 더해지자 쏜살같이 사라졌다.

벌써 열흘, 아니, 은근슬쩍 이틀을 빼먹어 12일 동안 기사단을 부리며 온갖 폭리를 취한 한시민이 기지개를 켰다. 어떻게 더 비벼보면 며칠 정도 시간을 벌 수 있을지 모르지만 괜히 그렇게 할 필요가 사라졌다. 황제에게 얻어온 두 세트의 내, 외의 15강 작업을 모두 마쳤으니까.

생각보다 빨리 끝난 셈이다. 말로야 방어구 두 세트지만 피스별로 나누면 열 개가 넘는 아이템. 특히 레벨대도 40에 등급이 무려 스페셜이기에 강화 난이도는 높을 수밖에 없었다.

"역시 고렙 존에 가야 해."

하지만 한시민이 발 딛고 서 있는 공간은 황실 기사들이 휘두르는 검에도 한 방에 죽지 않는 몬스터가 득실거리는 곳!

조금만 더 북쪽으로 올라가면 4대 금지 중 한 곳까지 도달할 수도 있을 정도로 멀리 나왔다. 그렇기에 12일 만에 원하는 만큼의 강화를 끝낼 수 있었던 것이고. 비록 가지고 있던 강화석들을 거의 다 썼지만.

"뿌듯하네."

"……."

누구도 한시민의 말에 동의하는 이가 없었다.

뿌듯이라. 이를 갈면 갈았지.

기사들이 흉흉한 안광을 번쩍였다. 12일 전과 비교하면 그때의 황실 기사들은 순둥이로 느껴질 정도의 기세! 그만큼 힘들고 열심히 했고 그들에게 부족한 부분을 채울 수 있었던 시간이었음을 증명하는 모습.

"……확실히 강해지긴 한 것 같습니다."

"그래, 당연하지. 적어도 2레벨은 올렸잖아?"

한시민의 직위가 낮아서인지 혹은 레벨이 낮아서인지 몰라도 임시적으로나마 황실 기사단이 그의 기사로 종속되었지만 레벨은 확인할 수 없었다. 그렇다고 직접 물어본다 해도 알 리 없고.

해서 추측일 뿐이지만 적어도 200레벨은 넘을 황실 기사단이 무려 두 번의 레벨을 올릴 정도의 풍성한 수련이라니!

게다가 추정으로 레벨이 올랐다는 걸 알 뿐이지 그들이 말한 두 번의 성장은 어쩌면 레벨적인 지표가 아닐지도 모른다.

"감사합니다."

"감사합니다."

어쨌든 기사들은 강해졌고 매일같이 서로에게 검을 겨누며 수련할 때는 느끼지 못했던 실전 감각이나 그 이상의 무언가를 얻었다.

동시에 암도 함께 걸린 것 같지만 기사들은 공과 사를 구분

하고 은인과 원수를 철저히 구별하는 자들! 반쯤은 원수지만 은인 쪽에 가까운 한시민에게 고개를 숙였다.

"그래그래, 고생했어. 비록 난 자원봉사였지만 너희와 함께 하는 동안 즐거웠다."

이게 바로 기사들을 두는 군주의 이유인가! 가슴 한복판에서 뭉클하게 퍼지는 감동이란!

'레벨을 9나 올렸네.'

아마 이게 가장 큰 이유인 듯싶지만 서로에게 만족스러운 사냥이 끝났다.

최종 레벨 42 달성!

현 랭킹 1위인 강예슬이 55를 넘어가고 있음을 생각해 보면 여전히 필요 경험치 페널티의 위력이 얼마나 큰지에 대해 한숨이 절로 나오지만 그래도 많이 따라왔다. 다시 벌어질 격차겠지만.

"자, 이제 돌아가자."

원하는 걸 얻었으니 남은 건 생색내는 것뿐이다. 46레벨을 달성한 토끼들에게 지금껏 모아둔 몬스터 사체들을 영지로 옮겨놓으라 지시한 뒤 기사들과 함께 제국으로 향했다.

금의환향! 천군만마!

뭐라 부르든 한시민의 어깨는 한껏 치켜세워져 있었다.

"……아니, 대체 숲의 지배자란 놈은 어디 있는 거야?"

"네임드 몬스터면 일반 몬스터하곤 다르게 생겼을 텐데."

"언니, 이거 진짜 깰 수 있는 퀘스트 맞아?"

글쎄.

정설아가 난감한 표정을 지었다.

음침한 숲의 지배자. 과연 존재하는 게 맞을까.

워낙 넓은 숲이고 아직 그들이 가 보지 못한 공간도 많기에 섣불리 단정 지을 수는 없지만 확실한 건 적어도 그들의 레벨, 그 이상의 한계까지 잡을 수 있는 몬스터들의 영역은 전부 돌아봤다는 것이다. 오죽하면 최근엔 사냥도 포기하고 우선 네임드 몬스터만 찾기 위해 돌아다녔을까. 그랬음에도 숲의 지배자는 찾지 못했다.

"너무 당연한 얘기 같지만 혹시 이 숲에서 제일 센 놈이 지배자 아닐까?"

"……."

이런 의문이 절로 들 정도다. 사실 너무나도 당연한 이야기고 상식이고 기본적으로 가장 먼저 떠올랐어야 할 문제지만 지금껏 감히 상상하지 않았던 이유는 역시 이곳은 게임이기 때문.

캐릭터 레벨이 있고 난이도가 존재한다. 해당 퀘스트 레벨엔 그에 맞는 스펙을 갖춘 유저가 깰 수 있어야 하는데 만약 가정이 성립된다면 그 퀘스트는 유저의 레벨보다 훨씬 높은 난이도를 갖게 되는 것.

하나 이제 와서 보니 그런 미친 짓을 할 수도 있다는 생각이 들었다.

"……셋으로는 힘들다는 건가."

"아오! 그런 게 어디 있어!"

현실이니까.

게임이면서 현실! 현실이면서 게임!

난이도는 어렵지만 결코 깨지 못할 수준은 아니다. 수백, 수천, 수만 명을 모아 숲을 뒤진다면 제아무리 50레벨대의 유저라도, 아니, 50레벨 땐 부족할지 몰라도 메인 퀘스트 3막이 시작하기 전 레벨인 90레벨대의 유저들이 숲을 휩쓸고 다닌다면 잡지 못할까?

정설아는 냉정히 판단했다.

가능하다. 당장 스페셜리스트 같은 유저들이 서른만 더 모여도 음침한 숲의 지배자가 100레벨에서 150레벨 사이라도 비빌 구석이 있다.

'하다못해 토끼라도 있다면…….'

인상이 절로 찌푸려졌다.

그건 오버 스펙이다.

한시민이 스페셜리스트에 소속되어 있지만 엄밀히 말해 그의 무력은 유저들이 가질 수 없는 것들. 이를 테면 도우미다. 돈을 내고 도움을 받는다는 것 자체가 스페셜리스트에게 주어진 하나의 혜택이지만 이제 2막인 메인 퀘스트를 그런 식으로 진행한다면 그 이후의 모든 상황은 셋의 레벨이 메인 퀘스트를 쫓을 때까지 기다리거나 혹은 또다시 돈을 써 한시민의 도움을 받아야 한다.

선택의 순간.

어쩔 것인가.

"유저들에게 알리자."

"뭘?"

"메인 퀘스트. 우리끼린 못 깨."

결국 정설아는 미래를 보는 쪽을 택했다. 평생 한시민이 그들의 길드이리란 보장도 없고 밑도 끝도 없는 투자를 회수하지도 못할 곳에 쏟아붓는 것도 좋지 않다.

물론 그로 인해 얻어가는 것은 많겠지만 그건 일시적인 것일 뿐. 이런 식으로 메인 퀘스트가 일반 유저들의 성장 속도보다 몇 배 빨리 진행된다면 결국 게임의 가치는 떨어진다. 그로 인해 되돌아오는 피해는 모두 게임에 인생을 건 유저들이 감당해야 할 문제고.

해서 알렸다. 켄지를 비롯해 50을 찍고 메인 퀘스트를 파기 시작한 수많은 랭커에게, 또 다른 왕국에서 가장 빨리 메인 퀘스트가 진행되는 아인 왕국으로 오는 수많은 유저에게.

음침한 숲으로 오라고. 선점하고 싶다면.

"우리가 지금부터 해야 할 일은 하나야."

헬 게이트를 연 정설아가 결연한 표정으로 말했다.

"레벨 업."

그리고.

"유저 사냥."

리치 영지의 좌표가 판월 커뮤니티에 찍혔다.

## 2

제국에 도착했을 때, 한시민은 불과 2주 전과는 다른 분위기에 고개를 갸웃했다.

"뭐야, 뭔 축제 있나?"

"……예정엔 없었는데 축제인 것 같습니다."

기사들도 어리둥절한 건 마찬가지.

갑자기 웬 축제?

게다가 수도 전체에 이런 축제 분위기라는 건 1년에 한 번뿐인, 혹은 어쩌다 한 번 열리는 국가적인 축제라는 뜻인데 그걸 황실 기사들이 모른다고?

말도 안 되는 소리!

"가장 가까운 축제는 기사 대련이긴 한데 벌써 할 리가 없습니다."

"뭐지?"

한 시민과는 별 상관이 없긴 하다. 축제라 봐야 그에게 경험치 2배 버프가 들어오는 것도 아니고 기껏해야 길거리에 널린 맛있는 음식들을 주워 먹으며 포만감을 느끼는 것뿐이니까.

하나 기사들에겐 아니다.

"무슨 일이 있나 봅니다."

궁금했다.

뭘까.

이런 국가적인 축제는 당연히 황제의 허가가 있어야 한다. 무슨 목적의 축제인지는 몰라도 그들이 자리를 비운 12일 동안 갑작스레 진행된 축제라니?

기사들의 발걸음이 자연스럽게 빨라졌다.

"……예?"

"기사 대련이 오늘부터 시작이다. 모두 훈련 수고했고 씻고 준비하도록. 대회는 내일부터니."

"명을 받듭니다!"

"명을 받듭니다!"

돌아온 기사들은 연무장에 모여 황제에게 뜬금없는 명령을 받아야 했다.

혹시 하고 의심은 했지만 설마 맞다니! 대체 왜?

의문은 잠시 고개를 숙이고 물러났다. 어찌 됐든 이런 상황은 그들이 기다리던 것이지 않은가!

열흘 동안의 훈련을 통해 강해진 실력을 대륙에 마음껏 뽐낼 수 있는 기회가 눈앞에 다가왔다는 것만으로 기사들이 손해 볼 것은 없었다. 쉬지 못했다는 페널티 정도는 주어진 하루의 휴식 동안 충분히 풀 수 있었고.

기사들이 서둘러 물러서자 황제가 한시민을 보며 의미심장한 미소를 지었다.

"수고했네."

"기브 앤 테이크. 좋은 거 많이 얻었으니 저도 이틀 더 선심 썼어요."

"고맙다고 해야 하나."

"됐어요. 우리 사이에 무슨. 하하! 제가 업어다 키우긴 했지만 다 장인어른을 위한 거니까 너무 신경 쓰지 마세요."

얼핏 보면 훈훈해 보이는 장면! 하나 황제의 다음 말은 그 오해를 깨버렸다.

"내일부터 시작하는 기사 대련에 네놈도 참여하도록 해놓았다."

"예?"

엥? 이건 또 무슨 소리래.

예쁜 색시나 한번 보고 혹여 떨어질 콩고물이 없나 살피다 영지 키우러 가려던 한시민이 멈칫했다.

"거길 제가 왜요?"

"황실 기사단의 스승 아닌가."

"무슨 제가 스승이에요. 한 거라곤 눈곱만큼도 없는데."

"……업어다 키웠다며."

"그건 그냥 의례적으로 하는 말이죠. 전 기사도 아닌데 굳이 나가서 황제 사위 특권 논란에 휘말리고 싶지 않네요."

한시민은 단호했다.

당연하다.

'돈도 안 되는 대회에 왜 나가.'

물론 우승하면 뭔가 있을지도 모른다.

하지만 우승? 황실 기사들이 참여하는 대회에?

어림도 없는 소리.

'200짜리를 무슨 수로 이겨.'

되는 건 되는 거고 안 되는 건 안 되는 거다. 제아무리 방어구를 업그레이드했다 하더라도 레벨의 차이는 절대적!

안 될 것 같았다. 그럼 물러나는 게 맞다.

"그럼 수고하세요."

콩고물이고 뭐고 슬쩍 발을 빼기 위해 물러났다.

하나 언제나 그렇듯 황제는 만만치 않았다.

"조건을 몇 개 걸지. 만족스러울 만한 것들로."

"……에이 씨."

그는 한시민의 약점을 너무나도 잘 알고 있었다.

3

"우승하면 뭐 주겠다. 이런 제안만 아니면 어디 한번 들어나 보죠."

한시민의 걸음이 멈췄다.

황제가 준비한 패를 꺼냈다.

"기사단을 강하게 만들어준 것도 그렇고, 여러모로 그대가 모험가이면서 제국에 큰 공헌을 하고 있다는 생각이 들어 자리가 필요했다. 우리에겐 다른 왕국들에게 보일 패가 하나 더 생기는 셈이고 동시에 모험가에게 귀족 작위를 준 것에 대한 합당한 이유도 만들 좋은 기회고."

"그거야 제 알 바는 아닌데요."

그럴듯한 이야기. 하지만 한시민은 혹하지 않았다. 이미 그가 받은 것들은 물릴 수 없다. 귀족 작위와 영지는 공주를 치료해 주며 받았으니까. 황제가 만약 그것들을 이유를 대며 회수해 간다면 모험가인 한시민은 그가 해결한 공주의 문제를 다시 거둬가면 그만이다.

내키진 않지만 어쩌겠는가. 가만히 앉아서 뒤통수 맞는 게 억울해 죽을 거 같으면 그렇게라도 해야지.

그를 알기에 황제도 고개를 끄덕였다. 이놈은 충분히 그러고도 남을 놈이다.

"그걸 뺏겠다는 게 아니라 추가적인 보상을 위해 참여하라는 거다. 어차피 누구도 네가 우승할 거라는 기대 따위 조금도 하지 않을 테고 적당히 하다 내려오면 된다. 참여하는 이유는 이 자리를 빌려 직위 상승을 대륙에 알리기 위함이니."

"흐음."

한시민이 고민에 빠졌다. 우승에 초점을 맞춰 생각했을 땐 참여할 이유가 없는 게 확실한데 또 이렇게 들어보니 괜찮은 것 같기도 하다. 직위도 올려준다 하지 않는가! 기껏해야 한 단계겠지만 그래도 자작이 남작보단 낫겠지.

유저들 중 아직 누구도 제국의 작위를 받지 못했다는 걸 생각해 보면 유저들의 등골을 빼먹을 구석이 생길지도 모르고.

'급한 일도 없으니……'

해봐야 토끼들 데리고 사냥터 전전하며 돈이나 벌겠지. 아직까지 강화를 맡기는 부자들은 없으니까. 스페셜리스트는 얼마 전에 잔뜩 뜯어먹었고.

"대신 조건이 있어요."

"말해보라."

해서 미끼를 물었다. 넘어갈 수밖에 없는 미끼였다.

"참여는 하겠는데요. 그래도 너무 어이없게 떨어지면 쪽팔리니까 제 테이밍 몬스터들 데리고 싸울 수 있게 해줘요."

"……좋다."

잠시 고민하던 황제가 고개를 끄덕였다. 원래 기사들의 대전에서는 볼 수 없던 풍경이 벌어지겠지만 애초에 기사 대전의 취지는 각 왕국 간의 전력을 평가하는 자리. 굳이 기사만 나오라는 법은 없었다. 시간이 흐르고 일대일 대련에선 마법사보다 검사, 용병보단 기사가 강하다는 게 입증되며 하나의 공식으로 자리 잡았을 뿐이니까. 그러니 모험가가 모험가의 방식으로 싸운다는 건 이상한 일이 아니다.

"그럼 내일 참여하면 되는 거죠?"

"그렇다."

그런다고 해도 결과가 바뀌리란 생각은 들지 않았고. 가벼운 발걸음으로 물러나는 한시민을 보며 황제가 웃었다.

뭐가 달라지겠나. 기껏해야 모험가인데.

등장과 함께 황제인 그를 사로잡는 무언가를 보여주었고

공주를 고쳤으며 기사들을 한 단계 성장시키는 모습은 어디까지나 모험가 그만의 매력이다.

그 매력이 곧 무력이라는 정답은 없지.

'예선에서 두드려 맞고 떨어지면 볼만하겠군.'

황제가 기지개를 켜며 웃었다. 한시민은 당연히 기사 대전이 그저 검을 휘두르며 서로의 안부나 묻는 대련 정도로만 생각할 것이다. 그런 그에게 실제로 1년에 한두 명은 치명상을 입어 검을 쥐지 못하는 사태가 벌어질 정도로 과격한 대회임을 말해주지 않은 것만으로 벌써 1승을 거둔 것 같아 뿌듯했다.

작위? 이 모험가 놈을 엿 먹일 수만 있다면 그런 것쯤이야 얼마든지 줄 수 있었다.

다음 날.

기사 대전의 시작을 알리는 개막식에 당당히 황제 앞으로 향하는 한시민의 뒤엔 99마리의 토끼와 골드 드래곤이 함께였다.

빠르게 영지에 부산물들을 옮겨놓고 뒤따라온 토끼들! 진홍빛 오라를 마구 뽐내는 그들은 대륙에서 모인 수많은 기사와 견주어 봐도 전혀 꿀리지 않는 기세를 보이고 있었다.

"……이에 모험가 시민을 리치 영지의 영주로 공식 임명하며, 지금까지의 공적을 인정하여 자작에 임명한다."

[직위가 생성되었습니다.]
[직위 '젠 제국의 자작'을 획득했습니다.]
[칭호 '최초의 자작'을 획득했습니다.]

병사를 늘릴 수 있고 직속 기사를 임명할 수 있다는 등 이런저런 늘어난 혜택들이 눈앞을 어지럽혔지만 손을 휘저어 모두 지웠다. 지금 중요한 건 그게 아니니까.

"……기사 대전 개막을 알리노라."

"황제 폐하 만세!"

"황제 폐하 만세!"

개막!

참여하는 조건을 충족시켰고 원하는 보상을 받았지만 이제부터 시작이다.

'빌어먹을 영감탱이. 어떻게든 나 엿 먹이려고 그러는 거 모를까 봐.'

알면서도 수락했다. 만약 참여했다가 다친다 해도, 심지어 죽는다고 해도 그가 잃는 건 아무것도 없으니까.

부활의 목걸이 쿨 타임도 다 찼고 다른 귀족이나 기사들에게 욕 좀 먹는 거 따위야 얼굴에 철면피를 깐 그에겐 아무렇지도 않은 일이다. 게다가 기분이 나쁘다면 영지도 가지고 있 겠다, 개인적으로 복수하면 그만이고. 대신 약간의 위험만 감 수하면 얻을 수 있는 건 꽤 많았다.

'우승하면 황제가 직접 사사하는 검이랬지.'

그 검이 어디서 나왔을까?

황제가 직접 쓰는 검을 줄 리가 없다. 그렇다고 제국의 상 징을 누가 이길지도 모르는 대회에 걸 리도 없고. 가장 무난 한 건 역시 창고에 처박혀 있는 것들이겠지. 그중에서 황실 기 사단을 믿는다면 깊숙이 박혀 있는 창고의 검을 꺼낼 테고.

당연히 유저들에게 가져다 팔면 엄청난 가격을 받을 수 있 을 것이다.

'……힘들겠지만.'

충분히 노려볼 만한 가치가 있고 가능성이 있다. 토끼들! 그들과 함께할 수 있는 허락을 받았으니까.

"그럼 지금부터 예선전을 시작하겠습니다!"

마나로 인해 증폭된 목소리가 수천의 기사들 사이에 울려 퍼졌다.

4

대진은 전부 운이었다.

그렇게 정해진 첫 번째 상대는 처음 보는 기사!

한시민에겐 다행인 소식.

'황실 기사만 아니면 돼. 왕실 기사나.'

그들은 일단 기본적으로 레벨이 높다. 태어나서부터 재능을 갖고 어쩌고를 다 떠나서 게임 설정상 왕과 황제를 지켜야 하는 기사이니 실력도 출중하다. 그러니 처음부터 그들을 만나는 건 피해야 한다. 결국 만나게 될지도 모르지만 그래도 천 명 가까이 되는 기사 사이에서 그들을 만날 가능성은 적다.

"기사 대전에 모험가라니. 제국이 요즘 힘이 많이 빠졌다는 게 사실인가 보군."

"엥?"

그렇게 눈앞의 놈에겐 1의 관심도 주지 않던 한시민이 들려오는 중얼거림에 고개를 들었다. 얍삽하게 생겨가지고 지껄이는 가벼운 입이 눈에 들어온다.

나 말하는 건가?

"토끼라. 하긴, 실력에 자신이 없으면 그런 식으로라도 강해지고자 노력해야지."

"……."

맞네.

노골적으로 비웃으며 경기 시작을 알리는 말이 들려왔음에도 한쪽 다리를 삐딱하게 꼰 채 검을 휘적거리는 놈.

딱히 화가 나진 않았다. 맞는 말이니까. 그냥 아이템발로 밀어붙이기엔 어려운 부분이 있을 것 같아 테이밍 펫들을 데리고 올라온 것이다. 하나 그가 한 가지 틀린 점이 있다.

"너 같은 거 때문에 데리고 올라온 게 아닌데?"

"뭐?"

"어디서 듣보 왕국에 돈 몇 푼 찔러 넣고 기사된 새끼가 나불거려. 처맞고 싶냐?"

"……뭐라 했냐, 지금."

말싸움으로 잃을 게 없는 사람을 이길 방법은 그리 많지 않다. 더군다나 자존심을 중시하는 기사들 주제에 어쭙잖게 돈을 위해서라면 친구라도 팔아먹을 한시민에게 도발이라니!

"왜? 부들부들거려? 그런데 난 안 쫄리네? 왜일까? 왜냐하면 입만 산 새끼들이 꼭 입으로 싸우거든."

"이이……!"

기사가 달려들었다. 자세는 여전히 삐딱했지만 레벨은 어디 가지 않는지 움직임은 날랬다. 하지만 딱 거기까지였다. 한시민은 지난 며칠 동안 황실 기사단들의 움직임을 보고 검술을 봐왔다. 그걸 한 번 보고 훔치는 천재는 아니지만 적어도 그보다 100배는 느린 놈의 검 따위에 맞아줄 만큼 멍청하지 않다.

쾅!

"기사도 별거 아니네."

아이템도 이미 어중간한 놈들의 공격 정도는 맞고 웃을 정도로 업그레이드시켰고.

기사라고 긴장했던 게 풀렸다. 확실히 기사들 세계에서도 부익부 빈익빈이 심하다는 걸 눈앞의 기사와 맞부딪친 뒤 깨달았다.

물론 한시민이기에, 아직은 한시민만이 가능한 그림일지도 모른다. 그런데 그 작은 그림은 기사에겐 아주 큰 문제였다.

"뀨! 뀨!"

기회를 놓치지 않고 달려드는 토끼들.

"……!"

레벨도 레벨이거니와 수많은 전투에서 단련된 눈치, 강한 몬스터 사이를 요리조리 피해 다니는 민첩성과 이제는 하나가 된 동료 토끼들과의 호흡까지.

순식간에 기사의 모습이 시야에서 사라졌다.

"으아아악!"

들려오는 비명.

심판을 보던 기사가 당황했다.

"사, 살인은 안 됩니다!"

그 역시 얕보던 토끼들에게 내뱉는 말로는 부적합하지만 실제로 이빨을 드러내며 달려드는 토끼들을 본다면 누구라도 이런 반응을 보일 수밖에 없으리라.

"후후. 살인이라니, 그런 섭한 말씀을."

한시민이 망치를 떼며 웃었다. 아예 오르지도 못할 산이라 생각했다. 그러나 이번 대련을 통해 가능성을 보았다. 그런데 왜 굳이 돈도 안 되는 살인을 한단 말인가. 그러다 괜히 탈락하기라도 한다면 계획한 꿍꿍이가 무효로 돌아가는데.

대충 지켜보다 손을 휘저었다. 그러자 토끼들이 재빨리 물러섰다.

"……."

안절부절못하는 심판의 시야에 숨은 붙어 있는 기사의 모습이 들어왔다. 하지만 온전한 모습은 아니었다.

상처투성이 몸! 발가벗겨져 드러난 속살!

"스, 승리!"

심판은 쓰러진 기사의 방어구와 무기가 어디 갔는지 묻지 않았다.

어디 한번 물어봐. 너도 저렇게 만들어줄게.

라는 눈빛으로 쳐다보는 한시민이 두려웠다.

기사 대전에 작은 나비의 날갯짓이 시작됐다.

황제는 다른 왕국의 왕들과 이런저런 대화를 나누다 시간이 조금 흐른 뒤에야 대전을 지켜볼 기회가 생겼다.

다급한 시선이 드넓은 경기장들을 훑었다.

'벌써 떨어진 건 아니겠지?'

황실 기사들이야 알아서 결승까지 오를 테고 그가 궁금한 건 한시민! 언제 어떻게 어디서 얼마나 많이 두드려 맞고 떨어지는지 보고 싶다!

"시민 자작은 어디 있지?"

"현재 예선 진행 중이옵니다, 폐하. 69번 경기장입니다."

곧장 시선이 69번 경기장으로 향했다.

시간이 꽤 지났는데 아직 붙어 있다니.

'그래도 숨겨둔 수 몇 개는 있다 이건가?'

하긴 그러니까 제국까지 와서 황제 앞에서 그렇게 배짱을 부렸겠지.

잡기술만 잔뜩 배운 게 아니었다니. 신기함과 함께 먼저 달려 나가는 경기장 위의 한시민 모습이 들어왔다.

상대는 역시 황제가 모르는 기사. 그리 강하지 않다는 뜻이겠지. 그럼에도 한시민이 이기리란 생각은 쉽게 들지 않았다.

하지만.

쾅!

"……?"

쾅! 쾅! 쾅!

달려 나가 휘두르는 망치와 기사의 검이 부딪친다. 그건 이상한 일이 아니다. 하지만 서로 전혀 밀리지 않는다.

왜?

의문을 가질 틈도 없이 황제의 눈에 놀라운 광경이 펼쳐졌다. 어느새 기사의 주변으로 달려든 토끼들! 99마리의 토끼가 일말의 자비도 없이 기사를 덮친다.

끝난 승부.

역시 벗겨진 채로 패배를 맞이한 기사를 보며 황제가 인상을 찌푸렸다.

"저 무슨……."

테이밍 펫을 참전 허락한 건 어디까지나 그의 실력이 그래 봐야 기사에게 미치지 못할 것이라는 확신 때문이었다. 하나 이렇게 되면 계획이 틀어지지 않는가!

하지만 그럼에도 의심하지 않았다. 결국 떨어지리란 것을, 황실 기사단은 저런 것들에게 밀리지 않으리란 것을.

5

사실 한시민의 토끼 참여 규칙은 기사들에게 있어 오버 밸런스 패치일 수밖에 없다. 기사 대전의 태초 목적이 순수한 전투력 대결이었음을 인지해 본다고 해도 일대일 대결이라는 대

명제에 어긋나는 행위니까.

세상에 사방에서 달려드는 100의 적과 싸워 이길 수 있는 자는 거의 없다. 어지간한 실력 격차가 아니고서야 야금야금 들어오는 대미지를 무시할 순 없으니까.

그럼에도 지금껏 기사 대전에 그런 유리한 조건을 단 테이머가 나타나지 않은 이유는 하나.

불가능하니까!

테이밍은 그렇게 쉬운 게 아니다. 길 가다 만나는 토끼를 붙잡고 내 거 할래? 물으며 당근을 내준다 해도 어떤 토끼가 냅다 고개를 끄덕이겠는가. 평생 웬 인간한테 종속되어 죽으라면 죽는 시늉도 해야 할 판인데.

혹여 강한 몬스터들을 잔뜩 테이밍한 자가 나타나더라도 그는 일단 마족과 계약한 이가 아닌가부터 조사를 받는 시대다. 자연스럽게 테이머들이 나와도 그들의 몬스터들은 질적으로 약할 수밖에 없었고 기사들이 압도적인 몸놀림으로 파고들어 테이머 자체를 노리는 공격을 막을 수가 없었다.

기사 대전이라는 이름이 붙고 기사들만 나오는 행사로 변질된 근본적인 원인이랄까.

수백 년 전, 다섯 전설이 살아 있을 때라면 모를 일이지만 그 이후 그들의 넋을 기리며 생긴 대회이기에 어쩔 수 없었다.

그렇게 고착화되어 가던 상황에서 나타난 한시민은 기사들에게 있어 대응하기 어려운 존재!

처음 겪는 일에 태연하게 대처하는 건 쉽지 않다. 게다가 어디서 주워들은 게 있어 테이머의 본체를 공격하면 된다는 걸 상기해 내도 한시민은 일반적인 테이머가 아니지 않은가!

회심의 미소를 지으며 검을 휘둘러 봤자 업그레이드된 한시민의 방어구를 뚫을 순 없었다. 들고 있는 전설의 망치 역시 한 단계 업그레이드되어 14강에 달성해 한층 강력해졌고.

해서 우후죽순으로 기사들이 나가 떨어졌다. 입고 있던 장비들 역시 쥐도 새도 모르게 털려 나갔고. 피해 본 기사들이 항의했지만 안타깝게도 돌아오는 대답은 매정했다.

'기사 대전의 규칙은 의도적인 살인을 제외하곤 모두 용서한다.'

얼핏 잔인해 보일지 모르는 규칙이지만 그렇게 해야 전신의 힘을 다해 싸울 수 있다. 또한 현 제국 황제의 성정을 여실히 드러내는 지표이기도 하고.

강한 자만이 혜택을 누린다!

그 과정에서 피해?

충분히 감수할 수 있다.

이런 논리라면 죽지 않은 기사들은 오히려 다행인 셈이며 동시에 쪽팔린 줄 알아야 한다. 이름 모를 모험가에게, 아니, 그의 토끼들에게 둘러싸여 목숨을 구걸한 셈이니까.

"……."

황제는 상당히 이런 그림을 마음에 들어 하지는 않았지만 저도 모르는 사이 한시민의 곁엔 기사들이 하나둘 모여들고 있었다.

그렇게 기나긴 예선전이 끝나고 64명의 기사가 본선에 진출했다. 당연히 그중 한 명은 한시민이었다.

묘한 긴장감.

왕국에서 내로라하는 기사들과 제국 황실 기사단, 그리고 떠돌아다니는 숨은 고수들까지. 평소에는 가장 큰 위험 대상인 황실 기사단을 경계했겠지만 오늘은 아니었다.

진홍빛 오라를 뽐내고 있는 유저! 가죽 방어구의 위엄이 사방으로 퍼져 나가는 한시민에게 쏠린 63쌍의 눈!

"와우, 이거 완전 효과 만점인데?"

아무 말도 안 해도 홍보가 되잖아?

원래 사람들에게 자기 자신 알리기가 세상에서 가장 어려운 법인데 한시민은 대륙 한가운데, 그곳을 지배하는 제국의 중심에서 수많은 귀족과 기사에게 자신을 각인시켰다.

지금이야 별 효과 없다고 생각할지 몰라도 그가 그리는 큰 그림에선 굉장히 도움 되는 상황!

무엇보다 황제의 제안을 받아들인 뽕을 뽑으려면 지금부터가 중요하다.

"엣헴!"

마음 같아선 당장에라도 단상 위에 올라가 목적을 말하고 싶지만 그러기엔 아직 쩌리다.

64명의 기사. 그들을 꺾고 적어도 4명 안엔 들어야 기회가 주어지니까.

'할 수 있다, 시민아.'

계획은 짜놓았다. 이제 남은 건 운. 대진 운만 잘 따라주면 된다.

"그럼 대진 추첨을 시작하겠습니다."

본격적인 대회가 시작됐다.

6

"후후, 대진표가 잘 짜였군."

황제가 턱을 괴고 보다 웃었다. 덤덤하게 본선 무대 위로 올라가는 한시민 반대쪽 상대는 황제도 아는 기사였으니까.

"처음부터 왕실 기사단장이라."

대륙 최서단 왕국을 지키는 기사단장! 실력적으론 기사들 중 스무 손가락 안에 꼽는다는 고수!

소드 마스터의 경지에 도달했다는 말도 있다. 그런 이가 64강부터 한시민의 상대로 뽑혔으니 드디어 황제가 원하는 그림이 나오리라. 적어도 소드 마스터는 사방에서 달려드는 토끼 따위들에게 무너지지는 않을 테니.

기사들이 뒤로 물러서고 64강 첫 경기에 배정받은 한시민과 왕실 기사단장 사이에서 심판이 의례적인 규칙을 설명했다.

"64강부터는 황제 폐하께서 보시는 와중 한 경기씩 진행되며……."

예선과 다를 건 없다. 그저 본격적인 축제의 시작을 알리는 경기일 뿐. 동시에 관중석에서 보는 귀족들의 도박도 시작된다.

"자자! 승자 배팅 받겠습니다!"

황제가 허락한 도박!

귀족들은 너도나도 황금빛 동전을 마구 꺼냈다. 그리고 응원을 시작했다. 그와 함께 경기도 시작됐다.

"아바마마, 자작님이 질 거라 생각하시나요?"

"왜, 공주는 이길 것 같으냐."

"예, 전 자작님이 이길 것 같네요."

잔뜩 기대하는 눈빛으로 보는 황제에게 공주가 웃으며 도발했다.

"허허."

황제의 마음속에도 혹시나 하는 마음이 없잖아 있었지만 고개를 저었다.

그는 대륙을 평정하던 철혈의 황제!

예선에서 충분히 예상 이상의 활약을 보았지만 딱 거기까지였다. 본선의 기사들은 예선에서 어처구니없이 당하던 그저 그런 기사들과는 수준이 다르다.

"저희도 내기할까요?"

"내기라."

해서 자신만만하게 다가오는 공주의 도발에 고개를 끄덕였다.

"원하는 걸 말해보아라."

"아뇨, 끝나면 소원 하나 들어주기 해요!"

"그러자꾸나."

총명한 공주의 제안에 황제가 흔쾌히 받아들였다. 어차피 자신이 질 일은 없다. 진다고 한들 눈에 넣어도 아프지 않을 공주의 소원이니 아깝지 않다.

그래도 내기는 내기. 경기를 보는 데 긴장감이 더해졌다.

그때, 한시민이 상대방에게 달려들었다.

"……!"

사방에서 환호가 터졌다. 전설의 망치가 휘둘러지고 왕실 기사단장이 침착하게 막아냈다. 그와 함께 토끼들이 달려들었다.

예선과 크게 다르지 않은 그림.

한시민만이 사용할 수 있는 특별한 테이머만의 전투 방식!

가장 핵심 약점인 테이머 본인이 직접 기사의 공격을 막으며 그보다 강한 몬스터들에게 공격을 맡긴다. 방어력이 그만큼 뛰어나지 않으면 절대 생각조차 하지 못할 방식이자 기사의 검술에 대응할 자신감이 있어야 한다.

그런데 한시민은 그걸 해냈다. 예선에서 보았던 모습이지만 관전하던 귀족들과 기사들이 감탄했다.

본선에서 만난 기사와 한 번이지만 검을 맞부딪치고 아무렇지 않은 모험가라니!

"하앗!"

왕실 기사단장이 한시민에게 쏟아지는 관심에 시기라도 하는지 토끼들이 그에게 달라붙기 전에 기합을 내지르며 힘을 주었다.

그 역시 예선의 다크호스인 한시민의 경기를 보았다. 이렇게 마주하는 동안 토끼들이 달라붙으면 제아무리 기사단장 일지언정 행동에 제약을 받고 불리해지는 건 다르지 않다.

그전에 끝낸다.

챙!

"……!"

검을 빗겨 올리며 망치를 튕겨낸다.

보던 사람들이 저도 모르게 벌떡 일어났다. 두 손으로 들고 있던 망치가 하늘 높이 뜨며 한시민의 목과 심장이 그대로 왕실 기사에게 드러났으니!

숨 막히는 순간!

토끼들이 재빨리 덮쳐들고 있었지만 왕실 기사단장에겐 기회가 생겼다.

한 치의 망설임도 없이 한시민의 심장을 향해 찔러 나가는 검!

제대로 찌르고 들어가면 목숨을 부지할 수 없는 상황이지만 여기서 삐끗하면 반대로 기사단장이 토끼들에게 덮쳐지고 이전 기사들과 같이 명예와 자존심을 모두 모욕당한 채 쓰러지게 된다.

해서 독한 마음을 먹었다. 어차피 모험가들은 죽어도 죽은 게 아니지 않은가! 감히 신성한 기사 대전을 더럽힌 죄를 치르리라.

비록 치욕을 당한 기사들과는 일면식도 없고 어쩌면 훗날 적이 될지도 모르지만.

푹—

강하고 정확한 검이 무언가를 찌르고 들어가는 소리가 울려 퍼졌다.

작은 소음조차, 침 넘어가는 소리조차 자제하며 긴장했기에, 그리고 경기장 자체적으로 음성 증폭 시스템이 갖춰져 있기에 가능한 일.

사람들의 시선이 회심의 미소를 띤 기사단장의 눈빛을 따라 검 끝을 넘어 한시민의 심장에 도달했다.

죽었나?

"어?"

몇몇 관중이 의문을 토해냈다.

뭐지?

두 가지 부류였지만 반응은 똑같았다.

의문!

왜 죽지 않았나! 왜 기사단장의 표정이 썩어 있나!

몇 초의 시간이 더 흐르고 나서야 상황이 정리되었다.

"뀨우! 뀨우!"

"뀨뀨뀨!"

토끼들이 도달했고 당황한 기사단장은 거리를 벌릴 생각도 하지 못한 채 그들에게 휩쓸렸다.

정신을 차리고 있었다면 당하지 않고 다음을 생각할 수도 있었다. 비록 한정된 경기장이지만 토끼들을 피해 달아날 정도로 넓었고 그러면서 검격을 유지한다면 전혀 희망이 없는 건 아니었으니까.

하지만 작금의 상황을 이해하느라 사고가 마비된 기사단장은 토끼들에게 당했고, 예선의 수준이 좀 떨어진다는 기사들과 다르지 않은 결말을 맞이했다.

"……64강 1조 승리자. 모험가 시민!"

"와아아아아아아아!"

동시에 환호성이 터져 나왔다.

승리를 쥔 한시민이 가슴을 펼쳐 보였다. 그의 가슴팍엔 검이 찌르고 들어온 흔적조차 남아 있지 않았다. 그리고 그걸 막아낸 것은 가죽 방어구였다.

'성공이다.'

놀란 가슴을 가라앉히며 한시민이 숨을 돌렸다. 태연한 척 행동했지만 사실 도박이나 마찬가지였다.

막을 수 있을까? 뒤지면 어떻게 하지?

부활의 목걸이가 있지만 그와는 별개로 대회에서 탈락하면 모든 게 꽝이 된다. 반드시 우승해야 한다.

그게 안 될 것 같다면 가죽 방어구의 효능이라도 확실히 어필해야 한다. 그걸 위해 본선 상대가 만만치 않아 보이는 걸 느끼자마자 새로 맞춘 내의 외의 겉에 가죽 방어구를 겹겹이 껴입었다.

판타스틱 월드의 현실성을 최대한 활용한 방법!

당연히 움직임은 둔해지지만 어차피 빠른 몸놀림 따위를 보여주고자 함이 아니었기에 감행했고 업그레이드된 방어력은 기사단장의 공격마저 막아낼 정도로 훌륭했다.

'이제 팔기만 하면 돼.'

가죽 방어구 세트는 유저들이 아닌 NPC들에게 팔 예정이었고 좋은 자리가 마련될 기회가 생겼다.

저레벨 아이템은 15강이든 뭐든 아이템 취급도 해주지 않는 유저들과 달리 NPC들에겐 신화급 아이템이라는 엄청난 네임벨류가 붙으니까 훨씬 비싼 가격을 받을 수 있으리라. 또 많은 골드는 미래 행보에 크나큰 도움이 될 테고.

'왕실 기사단장의 검도 막아내는 방어구.'

그 말인즉 목숨 하나가 더 생긴다는 뜻과도 같다.

전 재산을 털어서라도 사고 싶은 칭호가 아닌가.

사악한 미소가 절로 맺혔다.

물론 기사단장의 검을 막은 건 70퍼 정도는 새로운 방어구의 위력. 사기 느낌이 물씬 나지만 신경 쓰지 않았다. 팔고 나면 끝이니까!

한 걸음 내디딘 한시민이 더욱 분주하게 움직였다. 아직 가야 할 길이 멀다.

똥 씹은 표정의 황제와 그 옆에 환한 미소로 기사 대전을 훈훈하게 만들고 있는 공주에게 손을 흔들어주며 대련장을 누볐다.

## 7

32강 역시 마찬가지였다.

압도적인 방어력을 뚫지 못하는 기사들!

스탯은 높지만 착용하고 있는 장비라곤 명검 한 자루뿐.

자본주의의 벽을 어찌 뚫는단 말인가!

또 한 명의 기사가 무릎을 꿇었다.

그렇게 16강까지 승리를 거두자 진행자가 다가왔다.

"모험가 시민 님, 잠시 시간이 되신다면 대화를 나눠도 괜찮을까요?"

"물론이죠."

거절할 이유가 없다. 한시민이 자본주의 미소를 장착한 뒤 인터뷰에 응했다.

기사 대전 주제에 별걸 다 한다는 생각 따위는 돈을 벌 수 있으리란 기대가 무참히 짓밟고 지나갔다.

"내일부터 우승 후보를 다루는 16강의 시작입니다. 모험가, 그것도 테이머로서 16강까지 올라온 사람은 근 수십 회의 기사 대전을 진행한 전 한 번도 보지 못했던 광경인데, 혹시 비결이 있을까요?"

판타지 세계관에 살고 있는 NPC 주제에 유창하게 진행하는 인터뷰!

한시민이 고개를 끄덕이며 진지하게 말했다.

"아무래도 전 본래 직업이 강화사다 보니 검술도 약하고 근접전에서 많은 불리함을 가질 수밖에 없습니다."

"예, 그렇죠! 그런데 오늘 보니 직접 상대를 견제하시면서 테이밍 몬스터로 공격을 하던데."

"네. 제가 입고 있는 이 가죽 방어구 세트, 이게 사실 제 비장의 카드입니다."

"오오! 오라가 남다른데 무슨 비밀이 숨겨져 있나요?"

"비밀이랄 것도 없죠. 모두 15강 한 방어구 세트니까요. 효과는 보시다시피 숨겨진 옵션을 제외하더라도 한 왕국의 기사단장의 검을 막을 정도로 단단합니다."

"......!"

화제의 인물의 인터뷰라 자리를 뜨지 않고 지켜보던 수많은 귀족이 술렁거렸다.

원하던 분위기! 반응!

그래, 흔들리지 않을 수가 없지.

그냥 심심풀이로, 스트레스 풀 겸 놀러 왔던 제국에서 인생에 있어 꼭 갖고 싶은 완소템을 발견했으니 어찌 그냥 지나갈 수 있을까.

여기서 저들이 방금 막 본능적으로 한 생각을 슬쩍 꺼내준다면 최소한의 목표는 이루는 셈!

"사실 최근 모험을 하는 데 있어 자금이 부족해 비장의 카드를 팔 생각을 갖고 있습니다."

"아! 이런 보물을⋯⋯!"

"하지만 그렇다고 제 인생 최대 역작을 헐값에 넘길 수도 없는 노릇이고. 대회가 끝나면 경매를 통해 팔 생각입니다."

"그렇군요! 많은 분이 탐낼 만한 물건인 것 같습니다. 자! 대화에 응해주셔서 감사드리며 내일도 좋은 모습 기대하겠습니다."

"네, 감사합니다."

4강엔 들어야 말할 수 있을 것 같았던 걸 운이 좋아 말할 수 있었다.

자연스럽게 마음이 편해지고 여유가 생겼다. 이제 떨어져도 여한이 없다.

'이왕이면⋯⋯.'

물론 우승하면 가장 좋은 시나리오고.

시선이 이제는 세 계단 남은 대진표로 향한다.

대부분 그와 함께 했던 황실 기사들.

가죽 방어구 따위가 아닌 진짜 비장의 카드를 쓸 때가 왔군.

황궁으로 돌아온 황제가 헛웃음 지었다.

"허허."

발랄한 놈.

처음엔 그냥 그러려니 했었다.

괜히 까부는 건 아니구나. 믿는 구석은 있는 놈이구나. 그래도 펫들이 생각보다 강력하긴 하네.

하지만 그건 본선에 들어오고 나서 잘못된 판단임을 보란 듯이 내보였다.

기사와 일대일로 밀리지 않는 방어력과 힘!

그를 뒷받침하는 토끼들은 기사 대전의 밸런스를 붕괴시키는 요소가 되고 있다.

당연히 황제는 그가 내뱉은 말을 되돌릴 생각이 없다. 되돌릴 이유도 없고.

어떤 방식을 써서든, 대륙에 해가 되는 흑마법만 아니라면 강자가 인정받는 세상. 그게 황제가 지금껏 지켜온 소신이니까.

"아바마마, 제가 이겼어요."

"그래, 네 남편이 제법 하더구나. 소원을 말해보거라."

그렇게 생각하고 보니 한시민의 승리를 예측한 공주도 새삼 대단해 보였다.

역시 내 딸인가. 아니면 그저 생명의 은인이자 이제는 그의 아내가 된 여자로서 믿는 것일까.

묻진 않았다. 무엇이든 그녀는 옳은 판단을 했고 원하는 걸 받아낼 자격이 있으니까.

날이 갈수록 예전의 외모를 되찾고 점점 더 예뻐지는 공주가 환하게 웃으며 소원을 빌었다.

"우승자에게 하사하실 검, 제국의 상징으로 바꿔주세요."

"……!"

무엇이든 이룰 수 있는 소원.

공주는 그것을 또 한 번의 시험으로 교환했다.

"진심이냐?"

"예, 아바마마."

황제가 소원에 담긴 의미를 모를 리 없다.

공주가 자선 사업가라서?

그럴 리가!

웬 정체 모를 놈한테 걸려 빌어먹을 저주를 뒤집어썼었지만 그녀는 제국에 하나뿐인 황녀이며 동시에 황제의 피를 물려받았다고 칭송이 자자하던 천재 중에 천재였다.

생글생글 웃고 있지만 속으로는 대륙의 정세를 꾀고 있고 어려서부터 보고 배운 것이 있어 악을 처단하는 데 있어 한 치의 망설임도 없는 그런 손익이 밝은 여인!

그런 공주가 그런 소원을?

이유는 하나다.

"그놈이 우승하리라 믿는 거냐."

아니고서야 설명할 길이 없다.

제국의 상징.

말 그대로 상징일 뿐이지만 하늘이 내려주신 명검이고 동시에 전대 전설의 강화사가 강화해 놓은 검!

그게 혹여 남은 16명의 기사 중 6명의 제국 소속이 아닌 기사에게 넘어갈 경우에 벌어질 사태는 감히 상상할 수도 없을 정도다.

물론 황제는 황실 기사단을 믿지만 공주가 한시민이 우승하리란 믿음은 달갑지 않을 수밖에.

"혹여 그분께서 우승하지 못한다 하시더라도 황실 기사가 얻어갈 건 확실하잖아요?"

"그건 그렇지."

"그럼 그렇게 해주세요, 아바마마."

"……알았다."

차라리 황실 기사가 가져가면 다행이다. 제국의 검을 황실 기사가 들고 수호한다는 명분도 생기고 제정신이 아닌 이상 황실 기사가 제국의 상징을 개인 소유라 당당히 외치고 다닐 리도 없으니.

하지만 만약, 만에 하나 공주가 원하는 대로 된다면…….

'팔려고 할 때 다시 사야겠군.'

황제는 한시민을 너무나도 잘 안다.

하나 어쩌겠나. 공주의 소원인데.

"제국의 상징을 가져오라."

"예, 폐하."

기사 대전의 마지막을 앞둔 날, 대회의 우승 보상이 바뀌었다.

8

황제와 공주가 대화하는 사이, 연무장에도 은밀한 모임이 진행되고 있었다.

16강에 든 아홉의 황실 기사, 그리고 한시민.

"무슨 일이십니까?"

그중 한 명인 기사단장이 불안한 표정으로 물었다.

대체 무슨 일이지? 그것도 16강 바로 전날, 16강에 진출한 기사들만 노골적으로 불러서 할 말이라는 게?

가장 먼저 머릿속에 떠오르는 가정이 있었지만 고개를 저었다.

그럴 리가 없다.

'……그럴 수도.'

아니, 한시민이면 그럴지도 모른다. 그래서 더 불안하다.

"혹시 부정행위에 대한 이야기라면……."

"어허!"

먼저 선수 치려 하자 한시민이 인상을 찌푸렸다.

"날 뭘로 보고!"

"……예, 역시 그러실 줄……."

"그냥 살살 좀 하자고 부탁하려고 불렀어."

"……."

역시는 역시였군.

그게 그 말이잖아!

차마 외치지는 못했다. 기사들 역시 그저 시선을 피할 뿐.

당연하다. 기사 대전은 기사들에게 있어 1년에 한 번 있는 꿈의 무대. 우승자에겐 우승이라는 타이틀이 1년 내내 붙어 다니며 혹여 다음 해에 그 자리를 빼앗기게 된다 하더라도 명예는 평생 달고 다닌다.

혹여 은퇴하게 되더라도 먹고살 걱정을 할 필요가 없다는 것. 게다가 이번엔 혹독한 수련을 통해 강해지지 않았는가.

비록 그들끼리 많이 만나 제법 많이 떨어지는 사례가 나왔지만 우승은 결코 놓치고 싶지 않다.

만약 한시민이 아니었다면 당장에라도 검을 뽑고 기사의 자존심을 모욕하지 말라 외쳤어도 이상하지 않았을 것이다.

"왜? 살살하기 싫어?"

"……그게 아니라."

"와, 이런 은혜를 원수로 갚는 것들. 내가 니들을 위해 어? 이틀이나 더 쓰면서 밤낮 잠도 없이 열심히 토끼들까지 부려가며 도와줬건만. 이제 와서 대놓고 져 달라는 것도 아니고 그냥 살살 좀 하자는데 그게 그렇게 싫어?"

"……."

대놓고 져 달라는 게 아니라 살살 져 달라는 말로밖에 안 들리는데요.

기사들이 서로 눈치 봤다.

확실히 한시민의 은혜는 그런 짓을 받아줄 만큼 대단하긴 하다. 하나 찔리는 게 한두 가지가 아니다.

"하지만 그랬다가 황제 폐하께서 알기라도 하신다면……."

우선 이 대회는 그들이 이렇게 조작할 만큼 만만하지 않다.

황제가 주최하고 황제가 진행하는 대회!

거기서 승부 조작이 나왔다? 그것도 황제의 최측근들이 짜고?

목이 날아가면 운이 좋은 거고 3대가 멸족당할 수도 있다.

"야야, 오버하지 마. 누가 들으면 져 달라고 사주하는 줄 알겠다. 난 그냥 내가 죽는 건 상관없지만 혹시라도 너희가 결투에 너무 집중하다 내 펫들 몸에 상처라도 입히면, 그러다 죽기라도 하면 너무 슬플 것 같으니까 그 부분만 좀 조심해 달라고 부탁하려고 부른 거야."

"아아."

그럴듯한 한시민의 말에 기사들이 고개를 끄덕였다.

하긴, 그들 역시 사냥을 다니며 귀엽게 뛰어다니는 토끼들과 많이 교감하지 않았던가. 당연히 그 정도 부탁은 들어줄 수 있다. 게다가 대회 규정에도 딱히 어긋나는 게 아니고.

"그 부분은 걱정하지 않으셔도 될 것 같습니다. 저희는 살생을 좋아하지 않습니다."

"그렇지, 그렇지. 그럼 믿고 갈게? 아! 그리고 그냥 날름 처먹을 수는 없으니까 나중에 시간 되면 이번 수련처럼 또 한 번 도와줄게."

"……!"

선심 쓰듯 내뱉는 말에 기사들이 재빨리 정렬해 기세를 갖춘다.

"감사합니다!"

"그래, 그럼 내일 보자."

사라지는 한시민의 등에 90도 허리를 숙이며 인사한다. 기사의 자존심 따위. 이번에 느낀 성장에 비하면 가볍기 그지없다.

황실 기사들의 입꼬리에 미소가 맺혔다.

그래, 그 정도 배려 정도야 황제의 사위이자 그들의 제2스승인 한시민에게 해줘도 큰 문제는 되지 않으리라.

세상에 그런 은인의 펫들을 마구 죽이는 거야말로 반인륜적인 행위다.

그렇게 쉽게 생각한 황실 기사들이 핑크빛 꿈을 꾸었다.

지금껏 본 한시민의 전투 패턴은 단순하다. 가장 쉬운 방법은 역시 다가오는 토끼들부터 무력화시키는 것이지만 거기에 조금 제약이 걸린다 해도 두 계단 이상 성장한 황실 기사들은 그래도 한시민을 제압할 가능성을 높게 보았다.

'그럼 우승은…….'

자연스럽게 한시민을 제친 황실 기사들이 서로를 경계하기 시작했다.

결국 우승은 황실 기사들이리라.

그렇게 밤이 지나갔다.

대망의 16강.

8강으로 결승으로 향하는 계단.

한시민은 황실 기사가 아닌 기사를 이번에도 역시 몸으로 막아내며 토끼들이 붙을 틈을 만들어 이겼고 8강도 무난하게 통과했다.

이제는 보고 있던 귀족들이 자연스럽게 한시민을 응원했고 지루한 검과 검의 대결에서 벗어난 개싸움에 환호했다.

그렇게 4강. 황실 기사와의 만남.

침이 절로 삼켜지는 대결.

누가 이길까?

파죽지세로 과연 제국이 대륙의 패자임을 다시 한번 입증하는 중인 자와 떠오르는 신인!

귀족들은 한시민을 응원했지만 동시에 한시민의 패배를 예측했다. 그만큼 황실 기사의 활약은 대단했다.

"4강 2경기 시작합니다!"

하나 그런 의심은 경기가 시작하자마자 흔들렸다.

"얘들아! 프로토 타입 변신!"

"뀨뀨!"

지금까지와는 전혀 다른, 색다른 방식의 전개가 펼쳐졌

기에.

"......."

"......."

한시민을 둘러싼 열댓 마리의 토끼. 찌를 틈이 보이지 않는
모습에 황실 기사의 표정이 찡그러졌다.

to be continued